KB135940

스페인, 버틸 수밖에 없었다

스페인, 버틸 수밖에 없었다

건축으로 먹고살기 위해 무작정 떠나다

1판 1쇄 인쇄 | 2020년 4월 15일
1판 1쇄 발행 | 2020년 4월 25일

지은이 신혜광

펴낸이 송영만
기획 송형근
편집 송형근 윤혜정 김미란

펴낸곳 효형출판
출판등록 1994년 9월 16일 제406-2003-031호
주소 10881 경기도 파주시 회동길 125-11(파주출판도시)
이메일 editor@hyohyung.co.kr
홈페이지 www.hyohyung.co.kr
전화 031 955 7600 | **팩스** 031 955 7610

ISBN 978-89-5872-169-7 03810

값 13,800원

이 도서의 국립중앙도서관 출판예정도서목록(CIP)은 서지정보유통지원시스템 홈페이지
(http://seoji.nl.go.kr)와 국가자료공동목록시스템(http://www.nl.go.kr/kolisnet)에서
이용하실 수 있습니다.(CIP제어번호: CIP2020014486)

스페인, 버틸 수밖에 없었다

건축으로 먹고살기 위해 무작정 떠나다

신혜광 지음

효형출판

Google

| prologue |

2008년 9월 24일, 편도 항공권을 끊고 무작정 마드리드로 떠났다. 그 뒤 바르셀로나를 거쳐 지금은 베를린에 거주하고 있다. 그동안 여러 도시에서 다양한 사람을 만나고 여행하며 매 순간 최선을 다해 살아왔다. 스물여덟 살이던 당시 스페인으로 떠나겠다고 마음먹은 이유는 그날이 그날 같은 한국에서의 삶을 벗어나고 싶었기 때문이다. 똑같은 나날이 반복되다 보니 일상이 지루했다. 내가 진정 건축을 하고 싶은 건지, 건축이 나를 잡아먹고 있는 건지, 꿈꿔왔던 건축을 할 수 있을지, 그런 꿈이 있기는 한 건지. 생각은 그저 쳇바퀴만 돌 뿐, 마음은 도통 갈피를 잡을 수 없었다. 이대로 살면 내가 원하는 건축이 무엇인지 알 수 있을까. 과연 건축가가 될 수나 있을까.

나를 옥죄던 답답한 일상 속에서 아무것도 제대로 배우지 못했다. 말라비틀어진 화분에서 메마른 채 영양분이 다 빠진 흙처럼 느껴졌다. 매달 국내외에서 발간되는 건축 잡지를 봐도 무엇이 좋은지, 왜 열광하는지, 나는 어떻게 해야 하는지 몰라서 머릿속은 복잡하게 얽혀만 갔다. 마음의 여유가 없어서 이유도 모른 채 애꿎은 내 탓만 했다. 겉으로는 강한 척, 괜찮은 척, 아무렇지도 않은 척했을 뿐이다. 2008년은 무미건조함이 반복되던 시점이자 좋아하는 건축을 잘할 수 있을 것 같다는 그 믿음에 비로소 의문을 품기 시작한 때였다.

한국을 떠나 새로운 일상을 시작한 것에 대한 감정은 복합적이었다. 이제껏 접하지 못했던 새로운 문화에 설렜지만, 한편으로는 한국과 다른 일상이 불편했다. 이방인으로서 때로는 아주 고독했으며, 심지어 한국이 그립기까지 했다. 그러니 이곳에 얼마나 더 정착할지에 대한 질문에 아직도 쉽게 대답하지 못한다. 매번 어디에서 어떻게 살지 그럴싸한 계획은 세웠지만, 계획이 있다 한들 어디 뜻대로 된단 말인가. 결국 계획대로 된 것은 하나도 없다. 매번 그 대단한 계획을 세울 때마다 나 자신의 한계를 더 명확하게 마주했다. 나의 현재 계획은 무계획이다. 누군가 나에게 한국을 떠나 유럽에서 사는 삶이 어떠냐고 물어본다면 어떻다고 정확히 대답하지 못한다. 때로는 행복했지만, 후회한 일도 많았기 때문이다. 이제는 뜻대로 되지 않는 일에 무덤덤해져 제법 내성도 생겼다.

나는 건축으로 먹고살고 있다. 건축으로 먹고산다는 것은 어쨌거나 먹고 살고 있다는 뜻이므로 참으로 결론적인 이야기다. 아이러니하게도 그 결론은 현재 진행형이다. 지금 이 순간에도 나는 건축으로 먹고살기 위해 많은 노력을 해야 한다. 처음에는 순진하게 대학교만 졸업하면 먹고살 준비가 됐다고 생각했다. 그러나 그 후 12년이 지난 지금, 내가 건축으로 먹고살게 된 과정은 대부분 공중의 삽질이었다. 누구에게 무엇을 물어봐야 하는지도 모른 채 한국에서 유럽으로 건축을 쫓아온 여정은 마냥 순탄하지 않았다. 누구도 나에게 이렇게 살라고 강요하지 않았다. 선택은 모두 나의 몫이었다. 어떤 이에게는 도움이 될 이 고군분투를 혹시나 하는 마음으로 공유하고 싶었다. 나에게는 의미있는 추억이자 쓰라린 기억이지만.

이야기는 2008년 이후 발걸음이 머문 마드리드, 바르셀로나 순이다. 베를린에서의 삶은 건축으로 먹고살기 위해 여전히 노력하고 있기 때문에 따로 담지 않았다. 한국에서 스페인으로 떠난 배경도, 스페인에서 독일로 떠난 배경도 최대한 기억을 더듬어 자세하게 기록하려 노력했다.

이곳에서 건축을 접하고 배운 방식은 대부분 열린 자료를 통해서였다. 가급적 누구나 쉽게 접할 수 있는 자료로 공부했다. 체류를 위해 몇몇 학교에 등록해 학생 비자를 받은 적은 있으나 제대로 마친 외국 학위는 없다. 누군가 줏대 없는 무모한 도전이라고 말한다면 부정하지 못한다. 단지 나는 하고 싶은 일을 하며 사람답게 살고 싶었을 뿐이다. 누군가가 뿌려놓은 빵 부스러기를 내가 따라왔듯, 이 책을 읽고 있는 누군가도 그렇게 할 수 있기를 바란다.

출간을 앞둔 2020년 봄, 스페인에 있는 친구들에게 이 책에 대한 소식을 전할 겸 안부를 물었다. 잘 있냐는 인사가 미안할 정도로 스페인은 코로나로 인해 상황이 안 좋다. 언제나 맑은 스페인의 하늘처럼, 화창한 싱그러움을 다시 찾을 수 있으리라 믿는다. 힘든 시간을 지나고 있는 친구들과 우리의 건투를 빈다.

2020년 4월
신혜광

Contents

Chapter. 3

보이지 않는 끝

Chapter. 4

나만의 오답 노트

Chapter. 1

스페인으로

Seoul

조금씩 사라지던 나

돌이켜 생각해보면 나의 20대는 탈출을 꿈꿔야 할 정도로 엉망은 아니었다. 빈틈없이 짜인 일상이 숨 막히긴 했지만, 그냥 좀 답답하다고 느꼈을 뿐이었다. 각자의 전공을 따라 사회 곳곳으로 흩어진 대학 친구나 가족도 나와 별반 다르지 않은 하루하루를 보냈다. 내 주변 사람들은 대부분 그렇게 바쁜 삶을 살았다.

2007년 2월에 대학 졸업 후 서울에 있는 건축 사무소에서 1년 반 정도 일했다. 건축학부의 설계 수업에서 인연이 닿은 분의 사무실이었다. 당시 유학이 좌절되어 뚜렷한 계획이 없었다. 졸업은 했는데 유학을 못 갔으니 뭐라도 해야 했다. 대형 건축 사무소에서 진행하는 프로젝트는 현실적으로 와닿지도 않았고 재미없어 보였다. 오십대 후반의 두 소장은 모두 이탈리아 유학파였다. 두 분과의 작업이 왠지 유학을 가지 못한 한을 풀어줄 것 같았다. 별다른 선택지가 없었으니 그 사무실은 운명처럼 다가왔다.

처음으로 4대 보험을 들어 나라에 세금을 냈다. 그러나 당시 받은 월급 90만원은 부모님이 준 용돈을 끊기 어려울 정도로 턱없이 적었다. 사회 초년생으로서 난생처음 번 돈을 쓰는 재미는 생각보다 쏠쏠했다. 월급은 받는 족족 쓰기 바빴다. 건축에 대한 큰 포부 없이 시간 효율이 떨어지는 아르바이트를 하나 더 하는 셈이었다. 싼 곳만 찾아다니던 학생 신분에서 변변찮지만 소득이 있는 사회 초년생으로 변하니 즉흥적인 소비가 일상이 되었다. 미래를 위해 저축하는 친구도 있었으나 나는 카드 빚을 늘리지 않는 삶이 목표였다.

2008년은 주 5일제가 시행되기 전이었다. 대부분의 건축 사무소는 토요일에도 근무했다. 말이 오전 근무지 일하다 보면 점심은 물론 어느새 저녁까지 먹은 후 결국 막차를 타는 주 6일제나 다름없었다. 주말도 없이 일만 하는 빈틈없는 일상의 연속이었다. 평일에는 보통 오전 10시에 출근해 밤 12시 반에서 새벽 1시까지 일했다. 휴일은 일요일 단 하루였다. 귀한 휴일에는 항상 그날이 세상의 마지막인 듯 격하게 놀았다.

사무실 업무는 온통 시행착오였다. 사소한 행정적인 일은 물론, 간단한 서류 작업 등 배워야 할 업무가 많았다. 몇 달의 적응 기간에는 모든 게 낭만적으로만 보였다. 아침에 출근해 자리에 앉아 업무를 보는 것, 점심을 먹고 커피를 마시며 수다 떠는 일상, 야근하며 음악을 듣는 것마저도. 대학 생활 막바지에 졸업 작품을 준비하는 기간과 겹쳐 사무실 업무를 더욱 빠르게 흡수했다. 특히 밤늦게까지 도면 작업을 하던 생활에 익숙했는지 야근도 그럭저럭 버틸 만했다.

두 소장과 사제지간으로 인연을 맺어서인지 고용인과 피고용인보다도 학문적인 관계에 가까웠다. 서가에 비치된 국내외 건축 잡지를 보며 강의실 한켠에서처럼 이것저것 여쭤보기도 했다. 가끔 사무실에 있는 책을 보느라 퇴근이 늦어질 때면 두 소장은 조언을 아끼지 않았다. 그러나 신입에서 벗어나 조금씩 업무가 많아지면서 낭만적인 순간은 급속히 줄어들었다. 그에 따라 대화의 내용도 자연스레 사무적으로 바뀌었다.

당시 한국에는 고급 전원주택 바람이 불었다. 얼마 지나지 않아 들이닥친 세계 금융 위기가 전혀 다른 세계의 일처럼 느껴질 정도로 말이다. 건설사가 직접 설계하고 시공에 나서는 경우가 많았다. 보통 이럴 땐 여러 건축가가 협업해 대규모 단지를 설계했다. 우리 사무실도 많은 전원주택 프로젝트 중 하나에 참여했다. 난 경력이 하나도 없는 초짜였다. 맨땅에 헤딩하는 심정으로 하루하루를 일했다. 어쩌다 보니 계약직으로 일하는 팀장 K와 밤낮으로 도면을 그리고 있었다.

설계 작업으로 눈코 뜰 새 없는 시간을 보내던 어느 날 밤이었다. 퇴근 전 마지막으로 사무실 불을 끄고 창문을 단속하던 그때 유럽에서 날아온 이탈리아 건축 잡지 《카사벨라Casabella》 신간이 눈에 들어왔다. 업무 중 틈틈이 신간을 보는 것이 큰 낙이었지만, 그날은 막차를 놓칠까봐 서둘러 사무실을 빠져나왔다. 다음 날도 어디론가 사라진 잡지를 찾지 않았다. 틈만 나면 회의실 한편에서 쪽잠을 자는 것이 훨씬 개운했고, 가능한 한 퇴근길을 재촉했다. 그 잡지는 시간이 지나도 들춰보지 않았다.

그렇게 나도 모르는 사이 점점 건축을 향한 열정도 사라졌다. 어느새 모든 건축 서적을 모른 척 지나치던 어느 날, 포르투갈 출신의 건축가 알바로 시자Alvaro Siza, 1933~가 작업한 신작이 소개된 잡지 한 권을 봤다. 잡지에 페이지를 할애할 정도로 사진, 도면, 스케치를 상세하게 소개했지만, 아무런 감흥도 느껴지지 않았다. 그리고 그날 깨달았다. 아무것도 느끼지 못하는 것이 문제가 아니라 모르는 것을 알려고 하지 않는 태도가 문제라는 것을.

세상이 바뀌는 속도는 점점 더 빨라졌다. 정보를 습득하는 방법은 다양해졌지만, 어느 순간부터 머릿속에 새로운 작품들이 들어오지 않았다. 기존에 알고 있던 것들만 뱅뱅 돌 뿐이었다. 그렇게 열정과 멀어지는 거라는 동료들의 충고에 자존심이 상했다. 건축을 향한 의욕과 열정을 되찾고 싶었다.

Madrid

라파엘 모네오를 찾아서

라파엘 모네오Rafael Moneo, 1937~는 대학 시절부터 내가 가장 좋아하는 건축가다. 많은 가르침을 준 선생님 L은 베네치아Venezia에서 만프레도 타푸리Manfredo Tafuri, 1935~1994의 생전 마지막 수업을 들으신 증인이다. 한국 사람 중 몇 안 되는 베네치아 공대 건축과 출신인 그도 모네오의 대단한 팬이다. 수업 때 '건축을 읽는다'는 표현을 자주 했는데, 타푸리가 즐겨 쓰던 말이라고 한다. L은 책을 읽듯 건축을 읽는 태도와 방법을 나에게 알려주었다.

건축을 바라보는 방법을 배운 뒤로 많은 것이 바뀌었다. 보면 볼수록 호기심이 쌓여 궁금한 것을 바로 찾아보는 습관이 생겼다. '건축을 읽는다'는 방법을 적용하여 모네오의 작품을 탐구해보고 싶은 욕구가 꿈틀댔다. 바쁜 일상에 조금씩 익숙해질 때쯤 첫 추석 연휴를 맞았다. 이틀만 휴가를 내면 오롯이 일주일을 쉴 수 있는 황금연휴였다. 때마침 친구가 스페인 여행을 권유했다. 순간 모네오의 작품을 일주일 동안 샅샅이 볼 수 있다는 생각에 가슴이 뛰었다.

대학 시절 유럽 배낭여행을 할 때 바르셀로나Barcelona에서 하루를 머물렀다. 밤 기차를 타고 다른 도시로 이동하다가 체력이 떨어져서 한인 민박에서 잠만 잔 것이 전부였다. 그 와중에 여행의 흔적을 남기려 바르셀로나를 찍은 사진 몇 장만 남아있을 뿐 다른 기억은 없었다. 이번에는 모네오의 작품을 현장에서 직접 보고 오겠다는 목표가 있었기에 여행 계획을 짜는 것도 수월했다. 모네오의 주무대인 마드리드Madrid가 여행의 중심지였다. 오로지 건축에만 관심이 있었으니 건축물을 하나라도 더 보고 싶었다. 과연 내가 건축을 제대로 배웠는지, 건축의 대가는 어떤 방식으로 작업하는지. 당시 나의 사고방식은 모두 건축 위주로 돌아갔다. 건축과 공간, 도시는 어떻게 상호 교감 하는가. 좁디좁은 사무실에서 나와, 건축가로서 시선을 넓히고 싶었다.

일주일 동안 스페인 곳곳을 신발이 닳도록 돌았다. 여러 군데를 돌아 깊이가 얕을 수밖에 없었지만, 모네오의 건축물을 두 눈으로 직접 보았으니 갈증이 많이 해소되었다. 평소에 볼 수 없는 것을 보고 느끼며 특별한 경험을 남긴 짧은 건축 여행. 사무실 한켠에서 쪽잠을 자는 게 일상이었던 당시 나에게는 사소한 기억조차 낭만으로 다가왔다. 그러다 문득 무슨 생각이었는지 모네오의 사무실에 가보고 싶어졌다. 귀국하기 직전인 어느 날, 내 발걸음은 모네오의 사무실 앞에 멈춰섰다. 평범한 2층 가정집 같은 건물 주위를 한참 서성거렸다. 초인종을 누를까 말까 고민했다. 사무실을 향한 거리가 서울보다 까마득히 멀게만 느껴졌다.

'초인종을 눌렀는데 진짜 모네오가 나오면 어떻게 하지?'
'마주치면 영어로 말해야 하나? 스페인어는 한 마디도 못하는데 내 말을 알아듣기나 할까?'

사실 건축을 공부하는 사람이라면 누구나 알 법한 유명한 건축 사무소 앞을 서성인 경험이 처음은 아니었다. 여행을 가면 근처에 어떤 건축 사무소가 있는지 확인한 후 관심 있는 사무실 앞에서 도둑처럼 기웃거렸다. 그때마다 앞에 떡하니 놓인 장벽이 나를 소심한 사람으로 만들었다. 변변한 외국 학위도, 유창하게 언어를 구사할 능력도 없었다. 무엇보다 내가 이들에게 매력적인 건축가로 보일지, 나 자신에 대한 의심만 확인하고 돌아섰다.

돌아오니 끝도 없이 쌓인 야근이 기다리고 있었다. 대리라는 직함이 나를 압박했고, 회사에서 맡은 일을 책임져야 하는 처지였다. 서울 건축 사무소의 작업은 스페인 여행에서 얼핏 경험한 건축과는 전혀 상관이 없어 보였다. 우연히 경험하게 된 스페인 여행은 대학 시절의 배낭여행 때와 전혀 다른 기억으로 남았다. 모네오가 건축으로 말하고자 하는 바가 무엇인지 어렴풋이 알 수도 있을 것 같았다. 모네오처럼 오래도록 사랑받는 건축을 하고 싶었다.

Madrid

무작정 편도 항공권

대학을 졸업할 때쯤 많은 선후배가 유학길에 올랐다. 더 배우고 싶다는 학문적 욕심에서 머나먼 여정을 떠났을 것이다. 솔직히 나는 유학에 대한 생각이 달랐다. 근사한 해외 학위로 남들과 다르게 보이고 싶은 욕망이 있었다. 하고 싶은 것을 다 할 수 있는 상황이 아니었기 때문에 유학을 가고 싶었지만 갈 수 없었다. 아쉽지만 욕망은 소망으로 남겨야 했다.

스페인으로 짧은 여행을 다녀온 뒤 다시 바쁜 일상으로 돌아갔다. 일주일간의 건축 여행도 신기루처럼 가물거렸다. 들뜬 마음으로 마구 찍은 사진들을 정리할 새도 없었다. 여행지에서 쓴 카드값을 갚아야 한다는 걱정을 하면서 나도 모르게 무료한 일상에 적응하고 있었다. 사무실로 출근한 지 한 해, 스페인에 다녀온 지 두어 달이 지났을 무렵이었다. 부모님이 뜻밖의 제안을 했다. 은퇴를 준비하던 아버지가 해외에서 공부하고 싶다면 1년 정도는 지원해줄 수 있다고 말했다. 당시 내 나이가 곧 서른 살이었던지라 새로운 일에 덜컥 도전하기가 조심스러웠다. 가족들도 나도 도전에 대한 적당한 선을 알고 있었다. 그래서 그 적당한 선을 기회로 바꿀 고민을 신중히 했다. 어느 나라를 왜 가야 하는지, 또 그곳에 가서 무슨 공부를 해야 하는지 후회하지 않을 선택을 위해 계획을 구체화했다.

깊은 고민 끝에 모네오를 따라 마드리드로 가겠다고 마음먹었다. 그때는 스페인에 가면 그처럼 훌륭한 건축을 할 수 있다고 믿었다. 얼마 전 다녀온 여행이 사전 답사가 되었으니 유학 준비가 더 수월했다. 생활비는 얼마나 들고, 보통 유학생은 어떻게 살며, 구직 상황은 어떤지 등 스페인에서 건축가로 먹고 살기 위한 조사를 시작했다.

그러나 나는 스페인어를 단 한마디도 할 수 없었다. 일단 떠나기만 하면 훗날 스페인에서 건축가로 살아가는 데 도움이 될 거라는 철없는 믿음만 앞섰다. 그때는 마드리드에 도착한 그해가 인생에서 가장 암울한 시간이 될 것이라는 사실을 알지 못했다. 일단 유학원을 알아보면서 언어 공부를 시작했다. 다행히 사무실 근처에 스페인어 학원이 있어 어학 수업을 듣기가 용이했다. 일을 하면서 촘촘히 유학 준비도 해야 하니 때를 보아 유학 간다는 사실을 사무실에 알려야 했다.

어디서부터 이야기를 꺼낼지, 언제 말을 할지 한참 고민한 끝에 두 소장과 함께 마주 앉았다. 내친김에 더 늦기 전에 넓은 세상에서 건축을 공부하고 싶어 스페인으로 가고 싶다고 솔직하게 말했다. 둘은 나의 이야기를 듣고만 있었다. 잠시 머뭇거리다가 본인들이 이탈리아에 다녀온 유학 생각이 났는지 충분히 이해한다고, 말리고 싶지만 말릴 수 없다고 말했다. 나와 스페인이 잘 어울릴 것 같다며 덕담도 빼놓지 않았다.

돌아오는 비행기 표 없이 편도 항공권으로 한국을 떠나는 길은 왠지 어색했다. 스페인 대사관에서 비자를 받아 오는 길에도, 잦은 송별회에도, 가족들과 작별할 때도 모든 순간이 얼떨떨했다. 커다란 이민 가방을 끌고 마드리드에 도착한 날에도 별다른 생각이 없었다. 햇살이 들지 않는 방에 누워 천장을 보니 그제야 실감이 났다. 아, 이제 진짜 혼자구나.

마드리드에서는 모든 일상이 나의 의지대로 흘러갔다. 일주일 중 4일은 어학 공부에 매달렸고, 나머지 시간에는 여행을 다녔다. 가보고 싶은 건축물이 도처에 널렸으니 매일이 즐거웠다. 드디어 기나긴 건축 여행이 시작됐다는 생각에 외로움도, 보고 싶은 사람도, 사랑하는 사람도 잊었다. 오롯이 나를 위한 삶의 유효 기간은 딱 1년이었다.

Alcala de Henares

돈 주고 산 경험

마드리드 근교에 있는 알칼라 데 에나레스Alcala de Henares는 매년 두어 번 소박하게 열리는 행사 빼고는 조용하고 아담한 도시다. 유럽다운 낭만과 화려함을 즐기고 싶은 사람에게는 그리 매력적이지 않다. 띄엄띄엄 오가는 주민들, 나지막한 집들, 그리고 가로수조차 차분하다. 도심에는 대학 건물들이 옹기종기 어깨를 맞대고 있다. 유럽의 교환학생 프로그램 에라스무스Erasmus를 통해 유럽 곳곳에서 모인 청춘들, 나처럼 유랑하는 사람들이 이곳 주민과 어울려 살았다.

이 조용한 도시에 온 것은 순전히 경제적인 이유였다. 마드리드 중심보다 물가도 쌌고, 대학에서 운영하는 어학원이어서 수강료도 저렴했다. 당시 세계 금융 위기로 달러, 유로, 파운드

가릴 것 없이 환율은 요동쳤다. 한국에서 돈을 송금 받는 것 자체가 큰 손해여서 한 푼이라도 더 아낄 수밖에 없었다. 마드리드로 떠날 때 상황이 여의치 않으면 귀국하기로 한 약속이 떠올랐다. 1년간 할 수 있는 것은 다 해보자고 마음을 다잡았다.

스페인에서 만난 사람들에게 딱히 정을 주고 싶지 않았다. 잠시 머무는 곳에서 잠깐 마주치는 사이라고 여겼다. 그래서인지 어학원을 다니며 알게 된 사람들의 근황을 대부분 모른다. 얼굴은 어렴풋이 떠오르나 이름은 기억할 수가 없다. 그때 마주친 한국 사람들은 대부분 스페인어를 전공하는 학생이었다. 건축을 공부하겠다는 나와 달리 교환 학생이나 어학연수를 목적으로 마드리드에 머무는 사람이 많았다.

어학원 일과는 길어야 4시간이었다. 수업이 끝난 후 집에서 대충 끼니를 때웠고 같이 사는 친구들이 퇴근하기만을 기다렸다. 화려한 건축물과 이국적 풍경에 호기심이 발동해 틈만 나면 마드리드 시내를 배회했다. 한국에서의 지루한 일상에서 벗어났다는 해방감과 자유로움이 좋았다. 스페인에서 새로운 세상이 열릴 것이라는 기대감으로 설레는 시간을 보냈다. 그러나 마냥 좋기만 한 것은 아니었다.

나는 여행자와 교민 사이의 애매한 존재였다. 불안정한 현실을 외면하고 싶을 때 언제나 돌아갈 곳을 떠올리는 여행자이자 한국에 돌아가고 싶지 않으면 지금처럼 살 수 있는 교민이었다. 신분이 불확실하니 모든 일상이 불안하고 쫓기는 듯한 상태였다. 어떤 때는 자괴감이, 어떤 때는 의욕이 넘쳐 감정이 오르락내리락하는 순간이 많았다. 돌이켜 생각해보면 후회된다. 한두 달은 나를 찾는다는 목적으로 편히 지냈다면 어땠을까. 여행자처럼 아무런 걱정 없이 놀러만 다니겠다는 다짐처럼 말이다.

알칼라 데 에나레스에는 스페인 생활이 처음인 이방인이 많았다. 동네에서 스치는 사람들이 대체로 호의적이었다. 서툰 영어로 건네는 인사는 이방인에게 따뜻한 인상을 주기에 충분했다. 그러나 이상하게 점점 더 외로워졌다. 그렇게 떠나고 싶어했던 한국의 모든 일상이 그리웠다. 나만 그런 게 아니었다. 외로움에 지쳐 돌연 한국으로 돌아가는 사람도 종종 있었다. 스페인에 온 결심을 떠올리며 외로움과의 싸움에서 이겨야 한다고 나를 다잡았다. 비범한 포부를 가지고 떠들썩하게 한국을 떠났으니 남들에게 보여줄 단 한 가지라도 가지고 가야 했다. 외롭더라도 더 악착같이 견디고 싶었다.

Madrid

미래로의 여행

대학 시절, 매주 각종 건축 책을 가지고 캠퍼스에 오시던 분을 통해 《엘 크로키El Croquis》라는 스페인 건축 잡지를 알게 되었다. 그때 간간이 접한 건축계 동향을 스페인에서 직접 볼 기회가 생겼다. 잡지사의 본사는 도시 전체가 유네스코 문화유산인 엘 에스코리알El Escorial에 있다. 이곳은 스페인 왕이 살던 거대한 수도원으로도 유명하다. 규모가 어마어마하고 화려해 둘러보는 데도 많은 시간이 든다.

기차역에서 내려 오르막을 한참 올라가니 잡지에서 봤던 건축물이 나타났다. 편집실과 전시실이 어우러진 공간이었다. 《엘 크로키》는 매년 네다섯 권을 발행한다. 스페인 건축에 관한 특집도 주기적으로 낸다. 때마침 내가 방문했을 때 전년도에 발행된 특집호를 위해 제작한 다양한 모형을 전시하고 있었다. 스페인 건축이 좋아서 여기까지 온 사람에게는 좋은 기회였다. 마드리드 유학 준비를 하면서 알게 된 사무실에서 만든 모형도 있어서 반가웠다. 한국에 있었다면 잡지에서만 봤을 건축 모형을 직접 관람하니 가슴이 벅찼다.

전시 모형을 세세하게 둘러봤다. 모형 밑에 소개된 건축 사무소와 작품명을 상세히 기록했다. 그중 주변 환경과 조화를 이루는 작품이 마음에 들었다. 도시와 떼려야 뗄 수 없는 건축을 드디어 만난 것이다. 문득 그 사무실로 포트폴리오를 보내고 싶다는 생각이 들었다. 나에게 와닿지 않은 몇몇 작품을 제외하고 전시물을 모두 기록했다. 스페인에서 건축으로 먹고살기 위한 나름의 시장 조사였다.

시간 가는 줄 모르고 전시에 푹 빠진 그날 마음에 들었던 작품을 만든 사무실을 인터넷을 통해 꼼꼼히 살펴봤다. 사무실 소재는 어디고 어떤 사람들이 일하는지, 결과물은 어땠는지 보석을 캐듯 정보를 파고 또 팠다. 그러다가 사무실의 홈페이지 주소를 찾았다. Estudio Barozzi Veiga, 줄여서 EBV라고 부르는 이 사무실은 젊은 사람들이 운영하는 곳이었다. 두 명의 소장 중 한 사람은 스페인계, 나머지 한 명은 이탈리아계였다. 아쉽게도 사무실이 바르셀로나에 있었다. 당시만 해도 바르셀로나로 이사 갈 생각이 전혀 없었으니 여건에 맞지 않는 곳부터 지워나갔다. 나와 맞는 사무실이 어디인지 계속 물색했다. 온갖 잡지와 전시회, 그리고 학교 등으로 발품을 팔아 세상에 떠도는 평판을 찾고 또 찾았다. 그간 단편적으로 습득한 지식을 현지화하는 꼴이었다.

세월이 흘러 마드리드에서 지낸 지 2년 반이 지나 어느덧 서른한 살이 된 2011년이었다. 나는 결국 도박하는 심정으로 명단에서 제외시켰던 바르셀로나의 EBV 사무실로 갔다. 길었던 공백 끝에 겨우 얻은 기회였기에 내 얘기는 뒷전이었다. 구체적인 근무 조건이나 임금에 대한 이야기도 꺼내지 않았다. 마드리드에서 2년 동안 건축에 목말라 있었기 때문에 조건이 어떻든 건축을 하고 싶다는 마음이 앞섰다. 지나간 시간을 곱씹어 보면 참 신기한 일이 많이 일어났다. 단순한 사건부터 한없이 복잡한 순간까지 마치 각기 다른 단막극이 얽힌 한 편의 영화 같았다. 스페인으로 무작정 떠난 스물여덟, 모든 게 불투명했지만 절박한 꿈이 있었기에 무모하게 도전할 수 있었다.

Toledo & Segovia

느리게 기억하고 싶은 순간들

무심코 지나갔던 찰나, 대수롭지 않게 잊어버린 시간, 일부러 지우려 했던 기억이 문득 떠오를 때가 있다. 보통 이런 순간은 파편처럼 끊어져 다른 기억과 무질서하게 섞여 있다. 지난날에 찍은 사진을 보면 당시의 모든 장면이 되살아난다. 사이펀 커피를 내리듯 기억이 서서히 떠오른다. 시간이 지나면 추억을 꺼내보는 것도 힘들고 무뎌진다. 오래된 서가를 정리하듯 지난 과거를 돌이킬 때는 비장한 마음을 먹어야 한다.

톨레도

대학 시절 같은 설계실에서 함께 작업한 선배 Y는 나보다 2년 반 먼저 스페인으로 떠났다. 불도저 기질로 힘든 상황도 정면으로 맞닥뜨리는 인물이었다. Y는 내가 힘들 때마다 진심 어린 조언을 해준 든든한 선배였다. Y 역시 여행을 많이 다녔는데, 여행 스타일이 사뭇 전투적이었다. 마드리드에서 멀지 않은 톨레도Toledo에 다녀온 이야기는 색달랐다. 그곳은 경사가 급하고 오르막내리막이라 스페인 여행 성수기인 여름에도 관광객이 생각보다 적다는 것이다. Y는 뙤약볕이 내리쬐는 여름에 1.5리터 생수를 세 병씩 넣은 배낭을 메고 톨레도를 여행했다며 자랑스레 사진을 보여주었다.

같은 장소라도 사람마다 다르게 여행한다. 나는 Y와 다른 방식으로 톨레도를 간직하고 싶었다. 유유자적, 한가롭지만 꼼꼼하게 도시 곳곳의 건축을 바라보려 했다. 마드리드에서 보낸 시간은 좌충우돌이었지만 되새겨 보면 가치 있는 나날도 적지 않았다.

여행자들에게 톨레도와 세고비아Segovia는 마드리드 근교의 당일치기 코스로 인기다. 항공편이나 기차로 이동하기 전 짬 내어 들르는 조연 같은 도시다. 나도 이곳을 잠깐 둘러봤다. 일자리를 찾으면서 스페인어까지 공부하니 설상가상으로 통장 잔고는 바닥을 보였다. 급할수록 돌아가라는 말이 있듯이 치

열하게 살면서도 조급하지 않으려 했다. 여행은 빠듯한 스페인 생활을 위로하는 유일한 돌파구였다.

스페인에는 유네스코에 등재된 개수를 두고 이탈리아와 비교하는 기사도 나올 만큼 문화유산이 풍부하다. 이렇게 유산이 잘 보존될 수 있는 주요인은 제2차 세계대전이 스페인을 비껴갔기 때문일 것이다. 도시마다 구도심의 흔적이 고스란히 남아 있기에 과거와 현재가 조화를 이룬다. 톨레도 역시 도시 전체가 유네스코 문화유산으로 등재되었고, 무어인이 이베리아반도를 지배했을 때는 수도 역할까지 했다. 한때 황금기를 누렸으니 장엄하고 화려한 예술의 향기가 도시 곳곳에서 느껴진다. 특히 가파른 산등성 위에 자리 잡은 톨레도 대성당에서 느껴지는 무게감은 불가사의한 기운을 풍긴다.

스페인을 여행하다 보면 무어인이 남긴 장식들을 자주 볼 수 있다. 스페인 남부의 대성당이나 옛 회랑 등 유적에서는 그 흔적이 더 짙다. 톨레도는 다양한 종교의 유적이 공존하는 역사 깊은 문화를 자랑할 뿐만 아니라 유명한 예술가를 많이 배출하였다. 알칼라 데 에나레스가 낳은 대문호 세르반테스 동상 배경의 뾰족한 벽돌과 톨레도 분수는 빼놓을 수 없는 명소이다.

세고비아

세고비아는 성의 도시다. 성으로 가기 위해 도시 입구부터 깊숙한 곳까지 차례차례 지나야 한다. 로마 시대의 배수로가 도시를 가로지르며 뻗어 있다. 마치 로마인이 도시를 움직이는 것 같은 착각이 든다. 계단을 오르면 산등성이에 다닥다닥 돌이 붙어 있는 집들이 나타난다. 오래된 골목 구석구석을 하릴없이 헤매다 만나는 고대 도시의 풍경이 이채롭다.

도시의 초입, 도시 중심에 있는 성당, 수로를 에둘러 우뚝 솟은 군주의 성곽이 세고비아를 메우고 있다. 만약 도시가 더 발달해 황금기를 맞았다면 인구의 증가로 성벽이 넓혀져 도시 구조가 얽히고설켰을 것이다. 그렇지 않은 경우에 도시는 오랜 세월이 지나도 온전히 몇백 년 전의 모습이 유지된다. 톨레도와 세고비아는 모두 옛모습을 간직한 도시다. 이렇게 유래가 깊은 중소 도시를 거닐 때면 켜켜이 쌓인 역사를 따라 모든 시간을 느리게 기억하고 싶다.

최근 세고비아를 여행한 사진들을 보면서 서울 성곽길을 떠올렸다. 부끄러운 이야기지만 서울 성곽길을 외국에서 본 다큐멘터리로 뒤늦게 알게 됐다. 서울에 오래 살았어도 이곳을

몰랐다는 사실이 지금도 부끄럽다. 도시가 내려다보이는 기막힌 풍경에 그 사이사이 자리 잡은 일상의 풍경까지. 사실 이렇게 보면 내가 꿈꿨던 일상은 그리 멀지 않은 곳에 있었을지도 모른다.

Zürich

진심 어린 격려와 응원

2008년 12월 어느 날, 취리히Zürich에 사는 선배 K로부터 연락이 왔다. 그는 스위스에서 건축을 배우겠다고 2006년 한국을 떠났다. 이후 독일에서 어학연수를 마치고 취리히로 넘어가 적응해 살고 있었다. 그는 스위스 생활에 무던히 적응한 듯 보였다. K는 때마침 그가 다니는 학교에 저명한 건축가가 특강을 하러 온다고 했다. 강연도 듣고 오랜만에 선배도 만날 겸 들뜬 마음으로 취리히로 향했다. K와 오랜만에 거리낌없이 우리말로 수다를 떨 수 있어 좋았다. 학교 다닐 때는 데면데면했지만, 타지에서 만나니 반가웠다. 타국에서는 한국을 떠나왔다는 사실만으로도 동료애를 가지며 금세 친해지기 마련이다.

그동안 외로이 지내면서 받은 스트레스를 술로 풀었다. 필름이 끊길 정도로 과음했다. 해외 생활이 주는 쓸쓸함과 그동안 힘들었던 기억을 잠시 저버리고 싶었다. 모국어로 그간의 이야기를 술술 말할 수 있는 상황이 반가웠다. 앞으로의 계획과 건축에 관한 이런저런 이야기를 나눴다. 술자리는 서먹서먹한 사이도 가깝게 만들었다. 당시 나에게는 고독한 스페인 생활을 위로하는 따뜻함이 필요했다. 마치 어제 만난 것처럼 편안하게 대해 준 그는 내게 적잖은 위로가 되었다.

마드리드의 선배 Y와 취리히의 선배 K는 비슷한 시기에 유럽으로 유학을 떠났다. 그들이라고 시행착오를 거치지 않았을까. 하나하나 난관을 헤쳐나가며 유럽 생활에 적응했을 것이다. 내가 마드리드로 간다는 얘기에 둘은 발 벗고 나서 응원해주었다. 경험에서 우러나온 유학 생활의 팁을 귀띔하며 지금도 잘하고 있다는 말을 건네주었다. 무작정 떠난 스페인에서 앞길이 캄캄했던 나에게 그들의 조언은 많은 도움이 됐다.

유럽에서 Y나 K처럼 따뜻한 사람을 만난 것은 행운이었다. 선배들에게 따뜻한 사랑을 건네받은 나도 남을 배려하고 친절하게 대해야 했는데 그렇지 못했다. 줄곧 앞날을 미리 걱정하면서 사람을 대하는 여유를 잃은 채 스스로를 고독한 존재로

만들었다. 유학생에겐 낯선 스페인 문화도 온갖 스트레스로 다가왔다.

마드리드 현지에서 취업을 준비하는 건축가 부부를 만난 적이 있다. 마드리드 공대를 오가며 알게 된 건축가들이었다. 서울의 한 건축 사무소에서 경력을 쌓았으나 더 큰 미래를 준비하고자 이곳에 왔다고 했다. 이들 역시 스페인 건축에 매료되어 마드리드로 날아온 것이다. 당시 나는 까마득한 취업 문턱에서 번번이 실패하고 있었다. 나도 모르게 성격은 날이 섰고 일상이 짜증으로 얽혀 있었다.

스페인어는 생각만큼 늘지 않았다. 스페인 건축 사무소가 원하는 포트폴리오를 제대로 표현하지 못했고 방식도 서툴렀다. 언제쯤 스페인에서 건축으로 먹고살 수 있을지 예측할 수 없었다. 일상적인 사소한 일에도 쉽게 예민해졌다. 심리 상태가 불안하니 남에게 고운 말을 건넬 리 없었다. 지금 돌이켜보면 마드리드에서 만난 부부에게 얼굴이 벌게질 정도로 험한 말들을 뱉어냈다. 비수 같은 말을 마구 쏟아냈으니 그들이 나에게 좋은 감정을 가질 리 없었다. 그 뒤로 그분들을 다시 만난 적은 없다. 나는 Y와 K가 건넨 따뜻함을 받기만 한 것이다.

어느 날 대학 동기로부터 연락이 왔다. 마드리드에서 건축을 하고 싶다며 어디서부터 접근해야 할지 물었다. 당시 신혼의 단꿈을 보내던 그에게도 다정하고 친절한 격려를 보내지 못했다. 순간 내가 받은 수많은 격려와 응원을 독설로 바꾸는 고장난 번역기가 되었다는 사실을 깨달았다. 여유를 찾으려는 노력이라도 해야 했을 텐데 핑곗거리만 주머니에 가득 채웠다. 그때부터 나를 둘러싼 환경이 어떻든 항상 온기가 느껴지는 따뜻한 사람이 되고 싶었다. 내가 좀더 상냥해지면 마음이 따뜻해지는 이야기도 많아질까.

Madrid

무보수 인턴

건축으로 먹고살기 위해 일할 기회가 필요했고, 정당한 대가를 받고 싶었다. 하지만 그 과정은 녹록지 않았다. 예상치 못한 난관이 많았다. 한국에서 학부를 졸업하고 무작정 전 세계에 포트폴리오 몇백 부를 뿌렸다. 인터넷을 통해 지원 가능한 사무실에 겁도 없이 문을 두드렸다. 무한 리필 잉크가 장착된 프린터는 온종일 포트폴리오를 뱉어냈다. 나는 수신자만 바꿔 똑같은 내용을 재생산했다.

그렇게 뿌린 몇백 통의 지원서 중 세 건의 인터뷰 제안과 두 건의 불합격 통지서가 왔다. 인터뷰 결과는 참담했다. 대부분 인턴으로 지원하는 줄 알았다는 반응이었다. 간단히 말해 번거롭게 비자까지 줘야 하는 외국인은 사양한다는 것이다.

실패라는 단어를 굳이 쓰고 싶지 않지만 설레는 마음으로 꾸민 스페인 취업 시나리오는 참담한 실패작이었다. 더 좋은 기회가 올 거라는 어정쩡한 위로를 해보았지만 오히려 더 서글펐다.

포기하지 않고 계속해서 여기저기 포트폴리오를 보냈다. 다만 제약 조건으로 물량이 줄었을 뿐이다. 출력물은 30여 부, 이메일은 무려 100여 통이나 되었다. 바르셀로나의 한 사무실에서 일을 시작하기 전까지 2년 반 동안 취업문을 꾸준히 두드렸다. 그사이 눈에 띄는 변화가 있었다. 포트폴리오에 쓴 모든 내용이 영어에서 스페인어로 바뀌었다. 물론 구글의 도움이 컸지만. 알음알음 현지인까지 동원하여 취업 준비를 했으니 스페인어 향상에는 나름 성공한 셈이다.

2009년 6월, 드디어 마드리드의 한 사무실에서 첫 면접 일정이 잡혔다. 건축 잡지 《엘 크로키》에서 흥미롭다고 생각한 곳이었다. '친애하는 담당자께'로 시작되는 상투적인 문구와 함께 포트폴리오를 정성스레 보냈다. 일주일쯤 지났을 무렵 바로 면접을 보자는 연락이 왔다. 스페인에서 애타게 그리던 면접이 처음으로 잡혔다. 회신이 너무 빠르면 의심을 해야 했

건만, 그때는 면접을 본다는 사실에 도취돼 디테일한 속사정을 몰랐다.

담당자는 포트폴리오를 보는 둥 마는 둥 하며 다짜고짜 질문을 해댔다. 스페인어가 아닌 영어로 언제부터 일을 시작할 수 있냐고 물었다. 나는 지금 당장 일할 수 있다고 대답했다. 말이 끝나기 무섭게 '사무실에서 듣고 본 내용 외부 발설 금지', '수습 6개월 무보수'라고 적힌 종이에 서명을 하고 있었다. 어학원에서 받은 비자가 아직 남아 있었기에 비자 얘기는 굳이 하지 않았다. 비자 문제로 회사에 부담을 주면 안 된다는 쓸데없는 배려심 탓이었다. 가족은 물론 주변 사람들은 좀 더 고민해보라며 모두 말렸지만, 오로지 나만 잘 될 거라는 근거없는 확신에 차 있었다. 그렇게 무보수 인턴 생활은 시작되었다.

근무 시간은 아침 9시부터 저녁 7시, 점심시간은 2시간이었다. 면접을 본 바로 그날 일을 시작했다. 하루 종일 모형만 만들었다. 그래도 레이저 커터로 재료를 자르고 조립하는 최첨단 기계를 사용했다. 한국에서의 작업을 기억하며 최대한 재료를 아끼고, 버리는 소재가 없도록 효율적으로 일하기 위해 노력했다. 사무실에서 나만큼은 혼신을 다해 일하고 있다고 생각했지만 그건 나만의 착각이었다. 내가 한 일은 아무도 신경 쓰지 않는 무의미한 일이었다.

무조건 6개월을 견뎌 정직원이 되리라 다짐했다. 그동안 최선을 다하면 분명 고용될 거라는 자신감에 가득 찼다. 그러나 차츰 회사 상황이 파악되었다. 나는 모형을 만들어내는 수많은 일꾼 중 한 명일 뿐이었다. 사무실 분위기 역시 건조했다. 지원자를 막지 않고, 퇴사자도 잡지 않았다. 한 사무실에서 같이 일해도 서로를 잘 몰랐다. 오자마자 금세 떠나거나 5개월을 버티거나 한 달도 채우지 못하는 등 오고 가는 사람이 많았다. 차이라면 먼저 떠나고 좀 더 버틴 사람이 있을 뿐. 나는 그저 모형 제작실에서 부산히 움직이던 일꾼에 지나지 않았다.

그곳에는 나 같은 인턴이 많았다. 대부분 얼마 지나지 않아

투덜대며 떠났다. 일한 지 몇 달이 지났을 무렵 사무실은 시내 중심가의 좁고 긴 공간에서 외곽 지역의 어마어마한 창고 건물로 위치를 옮겼다. 무더운 날씨에도 모두가 군말 없이 이사를 도왔다. 안전장치도 없는 트럭에 짐과 함께 탄 채로 이삿짐을 날랐다. 지중해의 폭염 속에서 노비처럼 일한 무보수 인턴의 흔적은 어디에도 남지 않았다. 눈이 따가울 정도로 땀을 흘리며 고생한 기억이 전부다.

기대했던 것과는 다른 방향으로 일이 진행되고 있다는 불안감이 엄습했다. 그러나 건축을 어떻게든 하고 싶다는 꿈이 컸기에 판단이 흐려질 수밖에 없었다. 나는 다른 인턴들과 달리 끝까지 버틸 수 있다고 믿었다. 이 근거 없는 믿음이 나의 시간과 감정을 사정없이 잡아먹었다. 무보수 인턴이라는 신분에 짓눌려 식사 시간도 놓치기 일쑤였고 몸은 피곤으로 찌들었다. 어떤 때는 점심값을 아끼려 집에 가서 끼니를 때웠다. 도시락을 싸들고 출근하는 일도 잦았다.

결국 나도 다섯 달을 앞둔 시점에 일을 그만뒀다. 사무실은 대수롭지 않다는 듯 태평했다. 소장은 인턴이 계속 올 것이라고 무덤덤하게 말했다. 사무실은 오늘도 내일도 무탈하게 돌

TAJ

아갔다. 홈페이지에는 기간에 상관없이 사무실을 거친 인턴들의 명단이 빼곡히 올라와 있다. 위상을 과대 포장하기 위해서인 것 같다. 심지어 숨기고 싶은 명단을 아예 뺀 경우도 있었다. 그래도 이 기간의 소득을 꼽으라면 스페인어 실력이 조금 늘었다는 것이다.

파트타임 생활

5개월의 무보수 인턴 후에 또 다른 고비가 찾아왔다. 비자를 새로 발급받아야 했다. 8개월짜리 어학원 비자는 수업 기간만 인정되었다. 한 학기를 추가해서 최대 1년짜리 비자를 받을 수 있었지만, 그 다음 해에는 다른 사유가 필요했다. 어학원 명목으로 받은 귀한 비자가 노동 착취로 인해 허공으로 날아갔다. 어학원을 재등록해 비자를 연장하는 일은 가계 사정으로 불가능했다.

그러다 공립 대학교에 등록하면 되겠다는 묘안이 떠올랐다. 심지어 공립이라 학비까지 쌌다. 마드리드 공대 건축학과 Escuela Técnica Superior de Arquitectura de Madrid, ETSAM는 스페인의 국가 경쟁력에 비해 높은 수준의 교육을 자랑하는 명문이다.

마드리드에서 사무실을 갖고 있는 내로라하는 건축가들은 대부분 이 학교 강단에 섰다. 마드리드 공대를 다니면 그들과 마주칠 기회도 많고, 게다가 건축학과 학생들만 알고 있는 정보도 쉽게 접할 수 있다는 장점이 있었다. 하지만 그 학교에 등록하는 과정이 생각보다 까다로웠다.

나는 석사가 아닌 학부 과정을 택했다. 석사 과정은 수업료 외에 부수적인 돈이 많이 들었기 때문이다. 무엇보다 내가 좋아하는 건축가들이 모두 학부에서 강의했다. 마드리드 공대의 신입생이 되려면 한국에서 4년 동안 건축을 공부했다는 것을 증빙해야 했다. 4년제 건축공학과의 끝 세대인 나는 졸업 당시 120학점을 이수했다. 그러나 마드리드 공대는 학부 이수 학점이 무려 450점이었다. 취득 학점을 기준으로 보면 스페인에서 두 학기만 이수한 셈이었다. 담당 교수는 내 졸업장으로 2학년 과정에 편입할 수 있다고 말했다. 엄연히 4년제를 졸업한 나로서 2학년 수업을 들으라는 것은 굴욕이었다. 그러나 비자를 받기 위해 어쩔 수 없이 스물한 살 학생들과 건축 수업을 듣게 되었다.

실무를 다루는 설계 과목을 중심으로 수업을 들었다. 모든 과목을 꼭 이수해서 졸업해야겠다는 생각도 없었다. 내키지 않는 과목도 더러 있었기에 우선 비자 연장에 지장이 없을 정도로만 수강했다. 한국에서 실무를 하던 내가 풋내기들과 같이 공부하는 게 안쓰러웠는지 조교수 중 한 분이 파트타임 일자리를 제안해주셨다.

그때 페르난도와 그의 여자친구 크리스티나를 만났다. 그들이 운영하던 사무실은 페르난도 아버지 집의 지하에 있었다. 일주일에 20시간을 일하고 100유로를 받는 조건이었다. 20시간 이상은 취업 비자를 따로 받아야 하니 파트타임으로 일하자는 것이다. 그 일로 한 달에 400유로의 현금을 벌었다. 당시 살던 방의 월세가 360유로였으니 무보수로 일하던 때를 떠올리면 감지덕지였다. 아무것도 따지지 않고 선뜻 동의했다. 무보수가 아닌 현금으로 노동의 대가를 받는 감격스러운 순간이었다. 그렇게 그들과 9개월간의 동행이 시작됐다.

두 사람은 모두 내 또래였다. 우리는 바빠도 꼭 한 번씩은 티타임을 가질 정도로 친해졌다. 친구처럼 시시콜콜한 이야기도 주고 받았다. 사무실 업무의 대부분은 개인 주택을 설계하는 일이었다. 낡은 집을 새롭게 고치거나 신축하는 일이 다반사

였다. 그중 주말농장이나 수영장 같은 재밌는 프로젝트도 있었다. 페르난도의 아버지는 오랫동안 현역으로 뛴 원로 건축가였다. 마드리드 공대 건축학과 교수로도 역임했던 그는 내가 가장 존경하는 건축가 모네오와 공동 작업도 종종 한 사람이었다. 페르난도 역시 나만큼 모네오를 좋아했다. 그와 기억에서 지우고 싶은 무보수 인턴 생활도 공유했다. 이들은 이미 그 악명 높은 회사에 관해 알고 있었다. 한술 더 떠 덤덤한 표정으로 사무실의 실상도 거리낌없이 풀어냈다.

크리스티나는 가구나 인테리어 소품을 제작하는 손재주가 있었다. 자신의 프로젝트에 등장시켰던 가구나 손수 제작한 소품들을 온라인 사이트에서 판매했다. 자신만의 독특하고 스타일리시한 감각으로 색감있는 소품을 골라 특유의 분위기를 연출했다. 그녀의 손길이 닿으면 평범했던 물건도 새롭게 재탄생했다. 크리스티나는 틈만 나면 강아지 골리와 어울렸다. 중간중간 짬을 내 동네에 사는 아이들을 위해 파티를 여는 따뜻함도 지녔다. 몸이 몇 개라도 모자랄 그녀는 좋아하는 일을 진정 즐기고 있었다.

2010년 여름이 되었다. 태양이 내리쬐는 스페인의 긴 여름을 피해 한국에 다녀왔다. 서울을 떠나 있는 동안 가족들도 순탄치 않은 시간을 보내고 있었다. 마드리드의 삶은 나름 만족스러웠지만, 여전히 경제적으로 빠듯했다. 파트타임만으로 부모님의 지원 없이 자립할 상황이 아니었다. 이곳저곳 포트폴리오를 보내놨으니 겉으로는 태연한 척 연말까지 기다려달라고 했지만, 속마음은 부끄러움으로 가득찼다. 언젠가 취업이 될 거라는 무모한 기대는 점점 사그라들었다.

마드리드로 돌아가는 비행기에서 마음의 정리를 했다. 페르난도와 크리스티나에게 더는 버틸 수 없어 연말을 보내고 한국으로 돌아가야 할 것 같다고 말했다. 두 사람도 여기저기 일자리를 수소문했지만 매번 허사였다. 그렇게 무더운 여름이 지나고 선선한 가을바람이 불어오고 있었다.

Madrid

또 보자, 마드리드

마드리드에서 보낸 3년은 치열한 생존의 기간이자 나를 탐색하는 시간이었다. 적어도 한국에서 겪었던 끔찍한 지옥철이나 건축 시행사의 인격 모독은 없었다. 좋건 나쁘건 온전히 나를 위한 시간을 보냈다. 여행을 다니면서 밀도 있게 건축을 탐구했다. 기존에 알았던 것들을 뒤집어 보고, 당연한 것도 새롭게 해석했다. 좁디좁은 나의 세계관이 무한히 확장되기를 바랐다.

마드리드 공대의 평판은 이미 자자했다. 당시 이름만 말해도 알 법한 건축가들이 마드리드 공대에서 수업했다. 저학년부터 졸업반까지 그들만의 리그도 탄탄해 보였다. 이들의 작품을 조금이라도 내 것으로 만들면 일단 성공이라고 생각했다. 스페인은 1999년에 일찌감치 유로권에 편입했다. 내로라하는 세계문화유산 등 관광 자원이 즐비해 가는 곳마다 해외여행객으로 붐볐다. 부동산 경기도 호황이라, 투자처를 찾는 여윳돈이 곳곳에 넘쳐났다. 문화 시설과 주택, 심지어 공공 건물까지 실험적이고 미려한 건축 붐이 일었다. 이 건축 트렌드를 이끈 중심에 마드리드 공대와 바르셀로나 공대가 있었다.

모네오와 연관된 많은 건축가들이 마드리드 공대에서 공부했다. 비록 모네오가 미국에서 활동한다지만, 모네오의 사무실에서 훈련받은 독립한 건축가나 그의 영향을 받은 건축가들이 교수진에 있었다. 그들은 다시 제자들에게 그 흐름을 이었고, 학생들은 졸업 작품으로 스승의 흔적을 치열하게 남겼다. 마드리드 공대의 교수진들은 정교수 밑에 조교수, 부교수 등 여러 그룹으로 서열화되어 있었다. 그룹마다 색깔이 분명하니 다채로운 경험이 가능했다. 각자 취향에 따라 선배들이 일군 길을 따라가거나 창의적으로 재해석해 자신만의 색깔을 만들 수 있는 환경이었다.

한국에서 학부 졸업 때 누구나처럼 졸업 작품을 1년간 작업했었다. 그러나 마드리드 공대의 졸업 작품들은 차원이 달랐다. 졸업 연도, 교수진, 평가 점수가 일목요연하게 명시되어 있었다. 이들이 꼬박 1년 넘게 만들어낸 결과물은 학부생의 솜씨로 보이지 않을 정도로 완성도가 높았다. 설비, 전기, 구조는 물론 디테일 도면에 철근까지 표현했다. 한국에서 실무를 익힐 때 도면에 들어갈 세세한 정보를 처음 접했는데 이곳의 학생들은 졸업 작품집으로 실무를 미리 체험했다.

작품 콘셉트도 근사했다. 렌더링, 모형 사진, 다이어그램 등 대부분이 건축 잡지에서 다뤘던 실무와 놀랍도록 유사했다. 실무를 위한 만반의 준비가 다 이뤄진 셈이다. 이후 난 틈날 때마다 도서관에 비치된 졸업 작품집을 들춰보게 됐다. 스페인 건축학도들의 생각과 표현 방식을 공부하는 것이 흥미로웠다.

문득 초라한 내 수준이 부끄러웠다. 나의 도면을 들여다보니 수준 차가 현격했다. 한국에서는 통상 업무를 시작한 지 3년에서 5년이 지나야 비로소 건축가 흉내를 낼 수 있다. 매일 이어지는 야근과 온갖 성장통을 겪은 뒤에야 실무를 어렴풋이 배운다. 두꺼비집이 어디에 들어가는지, 상하수관, 오수관이 어디를 통해 빠져 나가는지 등을 말이다. 스페인에서는 졸업장이 건축사 자격증이나 다름없을 만큼 졸업생들의 실력이 출중

했다. 마드리드 공대는 나란 존재가 얼마나 보잘것없는지 깨달게 했다. 마드리드는 건축가로 살아남기 위해 어떻게 움직여야 하는지 알려주었다. 비자 연장을 위해 등록한 마드리드 공대. 스쳐가는 공간이라 여겼던 이곳은 내게 생각지 못한 깨달음을 주었다.

Chapter. 2

기회는 언제나 마지막

밤 버스의 추억

마드리드에 있을 때 지인의 소개로 한글 학교 교사로 잠깐 일한 적이 있다. 별다른 계약 조건 없이 소개로 시작한 일종의 아르바이트였다. 실은 생활비를 한 푼이라도 더 벌어보려 시작한 것이다. 취업은 번번이 실패하고 부모님으로부터 지원받던 돈도 거의 바닥나던 상황이었다. 더이상 염치없이 손을 벌릴 수 없으니 어떻게든 돌파구를 찾아야 했다. 이제 와서 생활비가 모자란다고 스페인을 떠날 수는 없는 노릇이었다. 하늘이 무너져도 솟아날 구멍이 있다고 믿고 조금만, 조금이라도 더 버텨보자 싶었다. 한글 학교 교사를 하느냐마느냐 고민할 수 있는 여건이 아니었다. 선택이 아닌 필수였다.

토요일 오전에 국어, 한자, 국사를 연이어 가르쳤다. 누군가를 가르친다는 것은 많은 지식을 필요로 한다. 설사 그 대상이 어린아이라 할지라도. 나는 강의를 위해 뒤늦게 옛기억을 떠올릴 수밖에 없었다. 인터넷으로 자료를 찾고 숙지하기까지 꽤 긴 시간이 걸렸다. 하루이틀 지날수록 점차 수업 준비가 익숙해졌다. 아이들과도 조금씩 가까워지며 나름의 재미가 쌓이기 시작했다.

당시 서른 살이었던 나는 그 과목들을 손 놓은 지 족히 15년은 되었다. 한글 학교 선생으로서 나를 위한 수업이 아닌 전적으로 아이들을 위한 강의를 하고 싶어 꼼꼼히 교재를 재해석했다. 아이들은 모두 스페인에서 나고 자라 한국어보다 스페인어를 더 편하게 구사했다. 한국 학생들이 공부하는 교재로 수업을 들으니 한국계 스페인 아이들은 자칫 흥미를 잃을 수도 있었다. 한 과목당 90분인 수업 시간 동안 오로지 교사의 재량으로 내용을 선별하고 가르쳐야 수업이 효과적으로 진행될 수 있었다.

과목당 반 정원은 다섯 명 내외였다. 학기 중간에 다른 지역으로 이사를 가거나 새로 수업을 듣게되는 아이가 있어서 교실 분위기는 다소 어수선했다. 게다가 수업이 토요일 오전에 진행된 탓에 결석하는 아이들이 꽤나 많았다. 가족들과 주말 나들이를 떠나거나 집안 대소사가 있는 경우가 대부분이었다. 주중엔 스페인에서 학교생활도 해야 하는 아이들이니 주말에 한글 수업을 듣는 것이 결코 쉽지 않았다. 어른아이 할 것 없이 주말엔 편히 쉬고 싶은 게 당연하다.

같은 과목을 두 번 듣는 아이들도 있었다. 스페인에서 한국어로 수업을 하는 곳은 거의 없었고, 고교 과정이 따로 없었기에 더욱 듣고 싶었던 게 아닐까. 대부분 교직원은 아이들의 부모였다. 스페인에서 나고 자란 아이들에게 한글과 한국 문화를 가르치며 정체성을 잃지 않도록 해주기 위해서였다. 물론 나같은 유학생이나 취업 준비생도 더러 있었다. 학부모나 교사들의 영향 때문인지 운영 방식이 한국 학교와 무척 닮아 있었다.

수업은 스페인 학교의 교실에서 진행됐다. 교실 분위기는 여느 학교처럼 자유로웠다. 한국어 교재로 스페인 학교에서 한국계 스페인 아이들과 소통한다는 설명조차 쉽지 않은, 이 낯선 광경이 아주 흥미로웠다. 한 번은 교과서에 실린 전형적인 한국 교실 모습이 화제가 된 적이 있다. 아이들에게 분필 필기가 빼곡한 녹색 칠판, 그리고 책상과 의자가 촘촘히 놓인 교실 풍경을 설명해주었다. 추억을 곁들인 에피소드까지 풀어내니 아이들은 깔깔대며 좋아했다. 누군가에게는 평범한 기억이 어떤 이에게는 색다른 즐거움이 되는 순간이었다.

한글 학교에서의 교사 생활도 어느덧 2년째 접어들었다. 매주 토요일마다 수업을 하는 일상이 익숙해지던 그때 바르셀로나에 취업이 되어 마드리드를 떠나야만 했다. 한글 학교 선생님들에게 사정을 얘기해도 마음이 영 편치 않았다. 사무실의 첫 출근 날짜는 새해 다음날이었다. 출근에 맞춰 바르셀로나로 미리 이사를 해야 했는데 한글 학교 2학기는 2월 말까지였다. 두 달간의 수업 공백을 어떻게 메울지 고심했다. 다행히 주변을 수소문해 후임자를 구하긴 했지만, 학기 중에 선생이 바뀌는 건 아이들에게 좋을 리 없었다. 무엇보다 한글 학교는 머나먼 타지 생활을 버티던 내게 적잖은 위로를 준 곳이었다. 고민 끝에 결국 남은 두 달간 마드리드와 바르셀로나를 주말마다 오가기로 결심했다.

힘들고 고된 시간 끝에 취업문을 열게 됐는데 행여 문제가 생길까 노심초사했다. 그러니 회사에 마드리드를 오가는 것에

+34°
SKODA

대해 아무 말도 하지 못했다. 어렵사리 구한 사무실에 밉보이고 싶지 않았다. 나의 모든 열정을 그곳에 쏟아붓고픈 심정이 무엇보다 앞섰다. 금요일 저녁 퇴근 후 심야 11시 반에 출발하는 밤 버스를 타고 토요일 아침 7시 반에 도착하는 빡빡한 일정을 소화했다. 토요일 오전 수업을 마친 뒤 오후 5시 버스를 타면 바르셀로나에 새벽 1시쯤 도착했다. 일요일에는 체력이 방전되기 일쑤였다. 하루종일 자다가 한 주를 다시 시작하는 올빼미 같은 삶이 두 달간이나 이어졌다.

까마득하도록 길게 느껴졌던 두 달이 지나고 마지막 수업을 하던 때가 가끔 생각난다. 스페인에서 연거푸 취업에 실패하던 기간에 찾아온 한글 학교 수업은 나를 추스리고 채찍질하는데 큰 힘이 되었다. 한글을 가르치는 것도, 선생님들과 한국어로 대화하며 정을 나눈 것도 아름다운 추억이었다. 마지막 수업날 아이들이 떠나는 나에게 고맙다고 말하는 장면이 눈에 아직도 선하다. 그러나 나 역시도 아이들에게 고맙다고 말하고 싶다. 한글 학교 교사로 일한 그 시간 만큼은 낯선 타국에서 갈피를 못잡고 서성이던 나를 위로한 보석 같은 시간이었다.

Granada

좋아하거나 잘하거나

'좋아한다'와 '잘한다'는 말을 혼동할 때가 있다. 잘하는 것이 좋아질 때도 있지만 좋아하는 것을 잘하거나 못할 수도 있다. 나는 좋아하는 것을 잘해야 한다고 생각해 왔다. 건축을 잘하고 싶어서 출판이나 블로그, 그리고 강연을 통해 세상에 드러난 다양한 건축가의 작업을 공부했다. 건축가들은 지금 이 순간에도 훌륭한 작품을 만들고 있다. 건축을 잘하는 사람들이 도처에 널려 있는 셈이다. 20대의 끝자락, 마드리드라는 한 도시에서 세상은 정말 넓다는 사실을 깨달았다. 깨달음 뒤에 수반하는 번민의 나날은 좋아하는 건축을 잘하고 싶다는 내 머릿속을 더 헤집었다.

이따금 한국에 오면 안 보였던 것들이 보인다. 적벽돌을 천편일률적으로 가지런히 입힌 다세대나 다가구 주택들. 기존 주택을 허물고 일사불란하게 화강암을 씌운 건물들. 실내가 드러나지 않는 철갑 유리를 두른 마천루들. 특색이 없는 뻔한 건축물에 눈길조차 주고 싶지 않았다. 서울에서 오만 생각에 잠겼다. 지구 반대편의 멋진 건축물과 무엇이 다를까. 한국에도 아름다운 건축을 위해 많은 건축가가 고심했을 텐데 왜 다 엇비슷할까. 당장의 이익에 뒷전으로 밀린 건축 미학은 언제 자리잡을까.

스페인의 여느 도시가 다 그렇지만 그라나다는 오랜 시간의 흔적이 유난히 선명하다. 북아프리카 무어인에 의한 이슬람 문명과 기독교 문화가 묘하게 어우러진 도시 구석구석이 신비롭다. 마차가 다녔던 돌길은 새벽 쓰레기 차가 덜컹대며 지나간다. 말 기수의 높이를 감안한 가로등은 오늘날에도 멋스럽게 걸려 있다. 기존 건물을 허물지 않고 창문 위치를 나란히 하여 비슷한 질감의 벽으로 서로 조화를 이룬다. 그래서인지 오랜 세월 버텨왔던 건물은 광장과 어깨를 나란히 하고 현대식 구조물로 새롭게 태어난다.

한국에서는 트렌드에 밀리면 오랜 흔적들이 곧잘 사라진다.

거기에 자본이 끼어들면 흔적 지우기는 더 속도를 낸다. 이런 현실에 회의감이 들었다. 세계 대전의 참화에서 비켜난 스페인의 역사적이고 문화적인 도시가 부러웠다. 첫 단추부터 잘못 끼워 매듭이 꼬인 도시는 다시 제자리로 갈 수 있을까. 시자를 필두로 한 건축가들은 말했다. 도시는 거창한 상징성으로만 보존하는 게 아니라 보존 그 자체로 의미가 있다고. 시자는 이를 '일상의 의미'라고 표현했다. 빗물이 들이치는 것을 막기 위한 파라펫Parapet을 입면의 요소로 해석하고 표현한 것이 그 좋은 예이다. 시자가 1986년에 설계한 포르투 대학교 건축학부의 파라펫은 일상의 의미를 디자인 요소로 차용한 것이다.

그러나 여전히 어딘가에선 도시가 지닌 시간의 역사를 지우고 있다. 피맛골과 강동 주공아파트 단지가 그랬다. 최근 한국에도 독특하고 실험적인 주택이 속속 등장하고 있다. 미래에는 이처럼 지금보다 더 예측하기 힘든 도시의 모습이 나타날 것이다. 한국 고유의 건축미를 살린 도시가 트렌드보다 우선적으로 계획되기를 바란다.

Barcelona

오늘보다 나은 내일을 위해

어린 시절부터 자주 들은 말이 있다. 천재는 99퍼센트의 노력과 1퍼센트의 영감으로 만들어진다고. 99퍼센트의 노력은 무엇일까. 얼마나 노력해야 99퍼센트라고 할 수 있을까. 주변에 천재는 물론 특출난 사람이 없어서 도통 알 길이 없다. 천재라는 단어가 주는 무게감 탓인지 공감이 되지 않는다. 나처럼 평범한 사람이 그 의미를 열심히 노력하면 된다고 해석한다면 왠지 좀 허무하다.

천재라는 단어의 막연함과 달리 세상에는 천재처럼 보이는 날고 기는 건축가들이 많다. 우주에서 온 듯한 비범한 유형도, 존재조차 모를 정도로 조용히 지내다 번뜩이는 천재성을 드러내는 유형도 있다. 겉으로는 평범해 보이지만 공모전에서 곧

잘 상대적 박탈감을 느끼게 하는 천재들 말이다.

홀로 돋보이는 달인 수준의 천재 말고도 숨은 실력자도 있다. 공모전에서 두각을 보이거나 실무에서 안정된 리더십을 발휘하는 사람들은 제때에 능력을 내보인다. 야구로 따지면 선발 투수와 중간 계투진이 빵빵한 팀에서 마무리를 잘하는 선수로 표현할 수 있겠다. 그러나 아무리 실력이 출중해도 팀워크가 맞아야만 행복한 야구를 할 수 있지 않을까. 이 명제에 항상 골몰했다. 나의 팀은 어디에 있을까. 나는 어떤 실력을 갖춘 건축가일까.

유럽과 한국의 대학은 학점 구조가 다르다. 한국의 대학은 보통 학점 상한선이 4.5점이다. 이 평점은 얼마나 열심히 공부했는지 표준화한 지표이다. 유럽에서는 한국과 정반대로 평점 1점이 가장 높은 점수다. 학점이 높을수록 공부를 게을리 했다는 소리다. 이런 계산법은 건축과의 졸업 설계 작품에서 작품의 수준을 나타낸다. 졸업 작품 학점이 1점이라면 그해 졸업생 가운데 최우등이라고 할 수 있다. 앞서 언급한 천재 수준의 작품이라고 할 수 있는 것이다. 이런 작품은 아주 드물어 범상치 않다는 평가를 받는다.

수많은 졸업 작품을 시간 가는 줄 모르고 볼 때마다 내 작품은 몇 점이나 될지 괜스레 궁금해진다. 한국에서의 졸업 작품은 학교를 마치자마자 바로 폐기해 버렸다. 딱히 꽁꽁 싸매고 귀하게 모셔야 할 만한 가치가 있다고 여기지 않아서다. 내가 만들었지만 실은 내 마음에 들지 않았다. 시간이 흐를수록 나는 천재와 거리가 먼 아주 평범한 사람이라는 사실을 깨닫는다. 단지 인내심을 가지고 끝까지 버티면서 노력해야 하는 사람이라고 생각한다. 좋은 건축주를 만나거나 돈이 많아 하고 싶은 프로젝트를 제약 없이 성취한 사람도 있겠지만. 모네오의 사무실에서 일하고 싶어서 스페인행 비행기에 올랐지만, 내 자질로는 어림도 없었다. 단지 오늘보다 나은 내일이 오기를 바랐다. 본 적도 없는 스페인 건축가 할아버지가 내게 준 소중한 깨달음이다.

그때부터 반복적으로 하는 일이 있다. 아침에 눈뜨자마자 특정 블로그에 올라오는 프로젝트를 검색했다. 개인이 무료로 운영하며 유튜브와 유사한 형태로 광고 수익을 내는 방식이었다. 그들이 애써 만든 자료를 공유 받으며 건축을 보는 눈을 길렀다. 블로그 접속 말고도 수많은 프로젝트 중 시선이 꽂히는 이미지를 따로 저장했다. 수년째 이 과정을 반복하다 보니 어느새 나만의 레퍼런스 창고가 제법 채워졌다.

건성건성 뒤적였던 책들도 꼼꼼히 들여다봤지만, 직접 스크랩한 나만의 창고에 더 눈이 갔다. 인터넷을 끊임없이 검색하고 탁월한 건축가의 성취를 엿보는 것도 흥미로웠다. 개인 홈페이지를 들락거리다 보면 가끔 참신한 아이디어도 떠오른다. 사소하지만 반복적인 이 습관은 바르셀로나 취업에 큰 역할을 했다. 부지런하게 모은 인터넷 자료들은 나만의 보물이 된 것이다.

Barcelona

그냥은 없다

나는 바로치 베이가Barozzi Veiga라는 사무실에도 이메일로 지원을 해 놓았었다. 사무실이 생소해도 마음에 드는 프로젝트가 있으면 우편이나 이메일로 지원서를 넣곤 했다. 마드리드에 있는 수많은 사무실을 두고 다른 도시에 기웃대는 것은 내게 별로 매력적인 선택이 아니었지만 제안이 올 것 같은 사무실에 지원서를 보냈다. 한국에 다녀온 후 페르난도의 사무실에 다닐 때도 이곳저곳 지원하는 일은 일상이었다. 대부분 무보수로 시작하고 나중에 다시 얘기하자는 식이었다. 정말 원했던 사무실에서는 연락이 올 어떤 기미도 없었다.

그러던 어느 날 바르셀로나의 한 사무실에서 연락이 왔다. 믿기지 않아 몇 차례 확인한 뒤 회신했다. 반년 만에 아직도 올 생각이 있는지 답장이 왔다. 바로 면접 날짜가 잡혔다. 돌다리를 두드리지 않고 건넜던 지난날의 경험이 떠올랐다. 사무실을 직접 눈으로 보고 확인하고 싶었다.

마드리드에서 바르셀로나로 이동할 때 가장 저렴한 방법은 버스를 타는 것이다. 이곳에도 우등과 일반이 있었다. 일반을 이용하면 무려 8시간이나 걸리나 약 50유로 안팎으로 왕복이 가능했다. 고속 기차로는 2시간 30분에 200유로, 비행기로는 40분 밖에 걸리지만 가격이 천차만별이었다. 자정에 마드리드 버스 터미널을 떠나 새벽 7시 30분쯤 바르셀로나 산츠Sants역에 도착했다.

면접까지 두어 시간이 남았으나 바짝 긴장되었다. 무슨 말을 해야 할까, 머릿속이 한없이 복잡해졌다. 다행히도 카탈루냐의 지중해 햇살이 긴장을 풀어주었다. 말은 한 번 꼬이기 시작하면 끝없이 버벅대지만 흐름을 잘 타면 술술 나오기도 한다. 바르셀로나의 해맑은 기운을 받았는지 면접 때 스페인어가 막힘없이 이어졌다. 담당자의 질문도 귀에 쏙쏙 들어왔다. 면접관인 알베르토는 포트폴리오를 미리 훑었는지 앞으로의 계획에 대해 궁금해했다. 드디어 언제 일을 시작할 수 있냐는 질문이 나왔다. 나는 현실적이고 구체적인 대답을 했다. 바르셀로나의 숙소도 알아봐야 하고 마드리드에서 마무리도 해야 하니 당장은 힘들고 준비 시간이 필요하다고 말했다.

일 년 전 가혹한 무보수의 기억이 떠올라 신중한 태도를 보였다. 다행히 그도 나의 태도를 마음에 들어 했다. 면접 전까지 극도로 긴장한 상황과는 달리 일이 술술 풀렸다. 같은 길이 맞던가. 마드리드로 돌아오는 길은 정말 아름다웠다. 애증의 공간이었던 마드리드를 정리하기 시작했다. 가장 먼저 페르난도와 크리스티나를 찾아갔다. 내년부터 다른 곳에서 일하기로 했다고 말했다. 둘은 못내 아쉬워했지만 진심 어린 눈빛으로 응원해줬다. 마드리드 토박이인 두 사람은 내가 떠나는 것이 마음에 걸렸는지 나를 살뜰히 챙겨줬다.

그리고 나의 우상인 모네오의 신간 『21개 작업에 대한 기록 Apuntes Sobre 21 Obras』을 선물해줬다. 나에게 이 책은 마드리드 생활의 마침표나 다름없다. 모네오가 일생 작업한 21개의 작품에 얽힌 일화들이 담긴 책이다. 쉬엄쉬엄 페이지를 넘기며 모네오와 소통하고 있다는 착각마저 들었다. 수십 년에 걸쳐 이뤄 낸 작업을 담은 그 책은 한 마디로 모네오의 진솔한 고백서

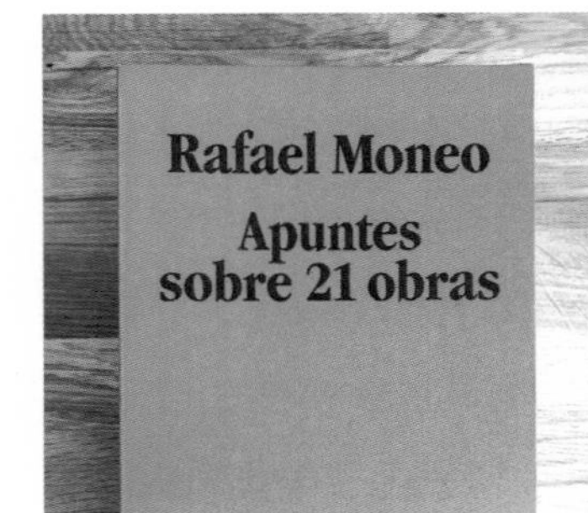

였다. 한편으론 마드리드와 이별해야 한다는 생각에 아쉬웠고 또 허무했다. 돌이켜보면 그때가 내 인생에서 가장 아름다운 시절이었다.

모네오는 건축가가 더 사랑하는 건축가이다. 하지만 알면 알수록 깊게 빠져드는 그의 작품을 보는 대중의 시선은 사뭇 다르다. 선물 받은 책에 실린 작품들도 마찬가지다. 건축가들이 인정하는 작품과 대중이 열광하는 작품은 다를 때가 많다. 둘 사이 공통의 가치를 찾는 일은 외줄타기에서 균형 잡기만큼 어렵다. 그를 쫓아 2년 동안 마드리드를 헤맨 시간은 결코 헛되지 않았다. 이 과정에서 건축가로서 작업에 균형을 맞추는 가치를 배웠기 때문이다.

마지막 기회라고 생각하고 필살의 의지로 바르셀로나로 향했다. 어찌나 절박했는지 모든 일이 생생하게 기억난다. 커다란 이민 가방을 든 채로 완행 버스를 탄 일이 새록새록하다. 처음 마드리드에 도착했을 때 단출한 이민 가방과 배낭 하나가 전부였던 짐은 어느새 여덟 박스로 불어났다. 누구나 알 법한 유명한 사무실의 일원이 되고 싶었던 내 바람은 젊고 창의적인 사무실에서 공부하며 성장해 나가겠다는 다짐으로 바뀌었다.

모네오의 작품에는 그냥이 없다. 건축은 따지고 묻고 확인하는 까다로운 과정을 거친 뒤 완성 단계에 이른다. 건축주의 마음에 들어야 하고 주변의 항의 등 시시콜콜한 것까지 감당해야 한다. 아마도 모네오의 사무실에서 일했다면 '그냥'이라고 건너뛰었던 세밀한 부분까지 짚고 풀어내는 과정을 배웠을 것이다. 모네오의 철학 '그냥은 없다'는 내 건축관에 영원히 스며들어 있지 않을까.

Barcelona

첫 출근만 네 번째

첫 출근. 봄날의 꽃향기가 흩날리는 날처럼 싱그러운 설렘으로 가득한 순간이다. 물론 아직 경험하지 못한 세계에 대한 두려움도 있으나 잘해야겠다는 의욕이 앞섰다. 누군가에게는 생존을 위해서, 더 좋은 미래를 위해서, 대수롭지 않은 이직일 수도 있다. 그런데 나의 바르셀로나는 생존에 가까운 일이었다. 호기심에서 비롯한 철없는 궁금증과 더 이상 물러날 곳이 없다는 각오가 뒤엉켜 있었다. 갈 일이 없다고 생각했던 바르셀로나에서 던지는 마지막 생존 카드는 절박했다. 마음속에 여유와 낭만이 하나도 없었다.

2011년, 바로치 베이가는 EBV로 통칭됐다. 이 사무실은 스페인 산티아고 데 콤포스텔라Santiago de Compostela 출신인 알베르토와 이탈리아 로베레토Rovereto출신인 파브리치오가 2004년에 설립했다. 처음에는 조그마한 아파트에서 시작한 젊은 사무실이었지만 얼마 지나지 않아 스페인의 손꼽히는 두 개 공모전에서 당선되어 규모가 커졌다. 내가 일을 시작할 무렵에는 두 프로젝트가 잇따라 완공되기 직전이었다. 또 공모전에서 수주한 폴란드의 슈체친Szczecin 필하모닉 홀 착공도 앞두고 있었다.

기세가 오른 사무실은 더 넓은 곳으로 확장했다. 때마침 멘드리지오Mendrisio에서 공부한 이탈리아 친구도 합류했다. 스위스에 있지만 이탈리아어를 쓰는 멘드리지오의 건축학교 Accademia di Architettura di Mendrisio, AAM는 유럽에서 이미 유명했다. 내로라하는 교수진에 걸맞게 졸업생들 수준이 우수했다. 작품들을 직접 보진 못했지만, 명성이 자자했다. AAM을 갓 졸업한 입사 동기는 이탈리아 소장이, 나는 스페인 소장이 뽑은 셈이었다. 이탈리아 소장이 멘드리지오 출신을 뽑은 건 당연했지만 스페인 소장이 나를 선택한 건 의외였다. 훗날 알게 됐지만 알베르토 역시 모네오의 팬이었다. 그는 나처럼 열성적인 수준은 아니였지만 모네오를 응원하는 젊은 건축가였다. 그런 그에게 내가 흥미로워 보였던 모양이다. 모네오가 나의 입사에 긍정적인 영향을 미친 것이다.

마드리드에 비해 바르셀로나에서는 외지 건축가들이 유난히도 눈에 띄었다. 전체의 삼분의 일 정도만 카탈루냐 출신일 뿐 대부분 이방인이었다. 익히 들어본 미국의 대학뿐만 아니라 남미나 아시아 등 국적과 피부색이 확연히 다른 사람들이 뒤섞여 있었다. 사무실 이전 기념 파티가 열렸을 때 나와 같이 살던 친구 세 명을 불러들였다. 다른 사람들의 지인은 물론 초면인 사람들이 한데 어울렸다. 바르셀로나 사람들은 마드리드와 분위기가 달랐다. 드넓은 지중해의 영향을 받은 개방적인 모임이 인상적이었다.

당시 스페인 경기는 상당히 위축되고 있었다. 세계 금융 위기의 여파가 꽤나 지속되었다. 하루아침에 건축 사무소가 없어지거나 정리 해고 혹은 감원이 비일비재했다. 여느 분야와 마찬가지로 건축 시장도 큰 타격을 받았다. 경제 기반이 허약한 PIGS포르투갈, 이탈리아, 그리스, 스페인는 더더욱 휘청였다. 당장 굴러가는 건설 현장도 있었으나 그 다음 일이 불확실했다.

스페인 내 공모전은 씨가 말라가고 있었다. 이렇다 보니 너

도나도 외국 공모전에 달려들었다. 가장 큰 시장은 스위스였다. 이미 실력을 인정받은 쟁쟁한 건축가들까지 끼어들었다. 우리는 스위스 로잔Lausanne에서 열리는 공모전에 참가했다. 두 사람은 비교적 이른 나이에 사무실을 설립한 편이었다. 설립연도인 2004년에 파브리치오는 스물여덟 살이었다. 당시 사무실은 스페인에 완공을 앞둔 프로젝트가 있었기에 큰 공모전에 참가할 자격이 있었다. 나는 로잔 공모전을 위해 투입된 새로운 인력이었다.

2011년 1월 2일, 바르셀로나를 탐색조차 못한 채 얼떨결에 첫 출근을 했다. 바르셀로나는 환경도 문화도 180도 다른 도시였다. 억양이 다른 카탈루냐 방언은 스페인어에 아직도 익숙지 않은 나를 주눅들게 했다. 심지어 아는 사람도 없어서 더 막막했다. 좌충우돌 생활은 바르셀로나에서도 나를 기다리고 있었다.

가우디, 가우디, 안토니 가우디

처음 바르셀로나에 갔을 때 안토니 가우디Antoni Gaudí, 1852~1926의 작품을 굳이 보려 하지 않았다. 많은 매체에서 봤기에 익숙했는지 별다른 매력을 느끼지 못했다. 바르셀로나 하면 바로 떠오르는 가우디에 피로감을 가진 게 아닐까. 그러나 바르셀로나에 살면서 이곳저곳을 다니다 보니 나의 오만과 편견에 가려져 있던 가우디가 보였다. 그의 작품은 외관이 워낙 화려해서 건축적 가치가 오히려 평가 절하된다. 나 역시 준공 년도, 규모 등 가이드북에 등장하는 사실만 알고 있었다. 건축학도로서 가우디의 면면을 진지하게 들여다보려는 의욕은 한참 후에 생겼다.

격자 도시 바르셀로나의 주거 형태를 나타내는 두 가지 요소는 모서리의 두 면이 거리에 접한 '모서리 집'과 집과 집 사이에 끼어 한 면만 거리에 맞닿은 '사이 집'이다. 도시 블록이 생각보다 커서 채광과 통풍의 문제를 해결하면서도 주거의 질을 높이는 것은 쉽지 않아 보인다. 오래 전부터 바르셀로나의 건축가들은 이 난제를 풀기 위해 다양한 고민을 했다. 가우디의 카사 밀라Casa Milà는 모서리 집이 지닌 이 고민을 명쾌하고 아름답게 해결한 귀중한 대안 중 하나다.

바르셀로나 도심의 대부분 주택은 마치 치즈 구멍처럼 보이는 중정을 갖고 있다. 이는 순전히 통풍이나 채광을 해결하기 위함이다. 창의 구조적 특성과 크기 때문에 채광에 어려움이 많다. 위층은 몰라도 아래층은 항시 꿉꿉한 냄새가 난다. 카사 밀라의 중정은 기능을 살리면서도 미학적인 부분도 잘 살렸다고 평가받는다. 유연한 형태의 중정이 사각지대 없이 모든 방에 균일한 바람과 빛이 들어가게 한다.

사그라다 파밀리아Sagrada Família 대성당은 관광 가치뿐만 아니라 도심의 지평선 형성에도 큰 영향을 미쳤다. 인간의 창조물이 자연보다 클 수 없다고 몬주익Montjuïc 언덕보다 1미터 낮게 지었다. 이 성당은 몇 안 되는 바르셀로나의 고층 건물의

구심 역할을 하고 있다. 첨탑의 꼭대기에서 내려오다 보면 탑 사이로 바르셀로나가 매번 다르게 보인다. 시시각각 빛에 따라 전경을 둘러보면 바르셀로나가 신이 빚은 도시임이 실감난다. 돌로 만든 첨탑을 거닐며 바깥 풍경을 바라볼 때는 마치 하늘을 걷는 듯한 기분이다.

구엘 공원Parc Güell은 마치 엘리스의 세계 같다. 놀이동산에서나 볼 수 있을 법한, 플라스틱으로 마감된 구조물로 꾸며진 이 공간은 보는 이로 하여금 탄성을 지르게 한다. 외부 에스컬레이터로 가파른 경사를 올라가는 과정, 입구에서부터 만나는 구불구불한 돌들, 야외 테라스를 통해 보이는 바르셀로나 전경, 테라스를 떠받치는 공원을 빠져나가는 길까지. 블록버스터에 나올 법한, 자유로운 곡선이 사방에서 춤추는 기이한 광경은 연신 카메라 셔터를 누르게 한다.

일일이 나열하기도 힘들 만큼 수많은 가우디의 상상력은 화창한 날씨와 함께 바르셀로나를 더욱 특별하게 만든다. 어디에서도 볼 수 없는 그만의 특별함은 여행자에게 새로운 경험을 선사한다. 가우디 작품의 입장료는 다른 미술관에 비해 서너 배 정도 비싸다. 그렇다 해도 그곳에 다시 갈 기회가 주어진

다면 나는 주저 없이 카메라를 들고 떠날 것이다. 모든 사람이 가우디에게 열광한다고 해서 그 특별함이 사라지는 것은 아니다. 그러니 자신만의 느낌으로 가우디의 작품을 즐기면 된다.

바르셀로나로 찾아온 손님

아버지는 나와 29살 차이가 난다. 내가 경제적 독립을 한 게 서른한 살이었으니 아버지는 환갑을 맞이한 다음에야 자식 걱정을 조금 덜게 되었다. 아직도 아버지는 내 걱정을 한다. 서른 살 때였다. 마드리드에서 2년째 새로운 가능성을 모색하던 어느 날, 누나로부터 전화가 왔다. 아버지가 곧 퇴직해서 경제적인 지원이 힘들어질 것 같다는 얘기였다. 나는 조만간 이곳 생활을 정리할 수 있도록 시간을 만들어 보겠다고 했다. 주변에 퇴직한 아버지를 둔 친구들이 더러 있었다. 언젠가 이런 시기가 올 것이라고 짐작했지만, 막상 닥치니 혼란스러웠다.

일단 알겠다고 차분하게 얘기한 후 전화를 끊었다. 당시 별다른 대안이 없었기에 멍하게 며칠을 보냈다. 아버지에게 묘

수가 있지 않을까 하는 생각에 혹시나 하는 마음으로 전화를 걸었다. 그러나 아버지의 쓸쓸한 목소리를 듣는 순간 마음이 무너져 내렸다. 하던 일을 다른 사람에게 넘겨주고 회사를 떠나야 할 것 같다는 이야기에 울음보가 터져버렸다. 아버지에게 너무 미안하고 죄송했다.

애써 눈물을 감추고 말을 이었다. 36년 동안 고생 많으셨다고, 이제 편하게 쉬시라고. 이야기를 하는 동안 눈물이 멈추지 않았다. 아버지가 불쌍하면서도 안쓰러웠다. 동시에 스페인 생활에 대한 회의감이 몰려왔다. 지금 무엇을 하고 있는 건가. 당장 한국으로 돌아가 곁에서 힘이 되어야 하는 게 아닌가. 건축이든 모네오든 더 이상 부모님을 힘들게 하고 싶지 않았다. 두 달 뒤 한국행 비행기에 몸을 실었다. 은퇴를 앞두고 원형 탈모가 온 아버지는 항상 모자를 쓰고 다녔다. 2년 만에 마주한 아버지는 부쩍 수척해져 나이가 더 들어 보였다.

일 년 후, 서른한 살이 되었을 때다. 아버지도 은퇴 후 다른 생활에 어느 정도 적응하고 있었다. 그사이 나는 바르셀로나의 사무실에 취직하여 이사했다. 그렇게 극적으로 스페인에 더 머물 수 있게 되자 아버지는 겸사겸사 바르셀로나로 여행을 왔다. 성인이 된 후에는 부모님이 나를 데리고 다니지 않는 이상 아버지와 함께 여행한 적이 없었다. 그러나 이번에는 아버지와 한 침대를 쓰고, 온종일 함께했다. 서먹할 줄 알았는데 전혀 어색하지 않았다. 이곳저곳 여행을 다녀서인지 한결 부자 사이가 편해진 느낌이었다.

당시 나는 주택 한 채를 여러 명이 나눠 쓰는 셰어하우스에서 살고 있었다. 집을 통째로 빌린 계약자가 부담을 줄이려고 룸메이트를 구하는 방식이었다. 인터넷을 통해 만난 후 서로 맞으면 한 지붕 아래의 동거가 시작되는 것이다. 하지만 마음에 드는 집을 찾고, 한 지붕 이웃들과 별 탈 없이 사는 것은 쉬운 일이 아니었다.

아버지가 바르셀로나로 오기 전 나는 한 차례 이사했다. 처음 집은 방이 제법 컸으나 위치가 시내에서 너무 동떨어져 있었다. 게다가 가스통을 배달해야 하는 집이었다. 취사는 물론 온수까지 데워야 했는데, 주말에는 행여 가스가 떨어질까 항상 노심초사했다. 얇은 외벽으로 스며드는 축축한 추위가 싫어 결국 방을 옮겨야 했다.

다행히도 아버지는 새로 이사한 집에 머무르게 됐다. 사무실에서 걸어서 5분 거리로 시내 중심에 위치했고, 높은 천장과 채광도 훌륭했다. 독일인이 오래 살아서 그런지 세탁기나 건조기 등 집기가 다른 집에 비해 최신에 가까웠다. 당시엔 수입이 넉넉지 않아 매 끼니를 집에서 해결했다. 심지어 점심도 집에서 먹어야 했기에 사무실과 집이 가까워야 했다. 바르셀로나의 두 번째 집은 그려왔던 모든 주거 조건에 얼추 맞아떨어지는 곳이었다.

이사를 위해 처음 그 집에 방문한 날이었다. 대문을 열자 풍채가 좋은 독일 남자가 나를 반겼다. 뒤셀도르프Düsseldorf 출신인 롤프는 집주인과 계약을 맺은 일종의 호스트로서 집안 내의 행정적인 일을 모두 도맡고 있었다. 그가 친구라며 소개한 스페인 사람 도밍고도 있었다. 크리스티나라는 여자도 살았는데, 늦은 시간에 귀가해 별로 마주칠 일이 없었다.

나까지 네 명이 살던 그 집은 제법 규모가 컸다. 롤프와 도밍고가 오래 살면서 꾸민 덕에 살림살이도 넉넉했다. 크리스티나는 이따금 늦게 귀가해 농담을 주고받으며 깔깔거리곤 했다. 이들과 서서히 친구가 되어갈 때쯤 아버지가 찾아왔다. 아

버지는 나와 일주일가량 한방에서 함께 보냈다. 아버지는 이들과 부엌에서 마주치며 자연스레 인사를 주고받는 사이가 되었다.

항상 해준 게 부족하다고 생각하는 아버지에게 궁상맞게 사는 모습을 보여주고 싶지 않았다. 그러나 생각만큼 쉽지 않았다. 바르셀로나 생활을 시작한 당시 월급을 받기는 했으나 액수가 턱없이 적어 방값을 내고 나면 생활비가 빠듯했다. 그래서 퇴직한 아버지에게 여전히 손을 벌려야 하는 상황이었다. 조금이라도 생활비를 아끼려 3년째 매 끼니를 집에서 때우다 보니 아버지를 데리고 갈 만한 좋은 레스토랑이 어디에 있는지 몰랐다. 흔한 하몽을 파는 가게조차 정보가 전혀 없었다. 아버지는 바르셀로나에 오기 전 기대했던 모습과 다른 아들의 일상을 보고야 말았다.

훗날 어머니로부터 들은 이야기다. 내가 바르셀로나에서 교복처럼 입고 다니던 늘어난 티셔츠가 아버지의 마음에 걸렸다고 한다. 바르셀로나에서 보낸 시간 동안 아버지는 무슨 생각을 했을까. 가우디의 손꼽히는 작품들, 스페인의 맛있는 요리들, 지중해의 아름다운 풍광만을 보여주고 싶었다. 그러나 아버지는 지구 반대편에서 막막하게 사는 아들의 모습을 기어코 봐 버렸다. 어쩌면 그는 속마음을 티내지 않으려 노력했을지도 모른다.

아버지는 아직도 내가 무슨 일을 하고 있는지 정확하게 모른다. 건축에 관해 많은 이야기를 해드렸지만 분야가 너무 달라 쉽게 와닿지 않는 모양이다. 그래서 생각했다. 언젠가 부모님을 위한 집을 지을 기회가 꼭 왔으면 좋겠다고. 당신의 아들이 이런 일을 하는 사람이라고 생각만 해도 뿌듯할 수 있도록 보여주고 싶다.

Chapter. 3

보이지 않는 끝

직장 동료 이야기

바르셀로나는 언제나처럼 햇살이 가득했고 관광객들로 넘쳐났다. 이곳 생활도 꽤나 익숙해져 모든 게 편안했다. 나의 일상은 미묘하게 변한 듯 변하지 않았다. 그러나 화창한 햇살과는 상반되게 나의 일상을 위협하는 존재가 곳곳에 도사리고 있었다. 바르셀로나에 온 첫해에 이사를 세 번이나 다녔고, 학생 비자도 만료되었다. 월급을 따로 받지 않아도 일만 시켜주면 감사한 상황도 있었지만 이젠 어쩔 수 없이 독립을 해야 하니 절박해졌다. 여행은 나에게서 조금씩 멀어지고 있었다. 혼자 하는 여행이 지겨워지기도 했지만.

사무실에도 제법 변화가 일었다. 기존 팀원 몇몇이 떠나고 새로운 사람이 들어왔다. 당시 사무실엔 두 개의 큰 프로젝트

가 진행 중이었다. 하나는 폴란드 슈체친의 필하모닉 홀, 또 하나는 스위스 로잔의 미술관이었다. 중소 사무실이 다 그렇듯 담당 업무 없이 너도나도 다양한 일을 했다. 급하면 모든 인원이 달라붙어 일을 끝내는 것이 우선이었다. 한국 같으면 프로젝트를 끝낸 뒤 회식하자고 했을 텐데 아쉽게도 그런 분위기는 아니었다. 대신에 굵직한 프로젝트와 별개로 새로운 공모전을 준비 중이었다. 알베르토는 스위스 공모전에 관심을 가졌다. 사실 이때만 해도 모두가 긍정적이었기에 시너지 효과가 났다. 사무실에 에너지가 가득한 나날이 이어졌다.

알베르토

사무실의 맏형이자 소장인 알베르토는 참 성실한 사람이었다. 가장 일찍 사무실에 출근해 그날그날 종이 신문의 주요 기사

를 확인했고 틈틈이 책도 보는 등 정말 박식한 사람이었다. 그는 시간을 허투루 보내는 일이 없이 부지런했다. 직원 간의 불화나 다툼에도 앞장서서 해결하는 등 여러모로 믿음직한 소장이었다. EBV가 참여한 수많은 공모전에서 그는 평면과 단면 등 2D 영역을 도맡았다. 3D는 할 줄도 모르고 관심도 없다며 폐기 직전의 오래되고 낡은 컴퓨터만 고집했다. 그렇기에 알베르토가 어떤 밑그림을 통해 생각을 담아내는지 볼 기회가 별로 없었다. 그러던 어느 날, 슈체친의 필하모닉 홀의 관계자와의 미팅을 혼자 준비하는 알베르토를 보았다.

"알베르토, 뭐해?"
"내일 슈체친 회의 준비해."
"무슨 회의인데 직접 손으로 그림까지 그려?"
"너도 그렇고 다들 바빠서 이렇게 간단하게 손으로 그려 가려고. 이따가 스캔해서 출력하는 것 좀 도와줄래? 양이 많아."

잠시 그의 손짓을 유심히 지켜봤다. 폴란드의 슈체친에 짓는 필하모니는 규모가 상당하다. 공연장으로 들어가는 입구 또한 엄청나다. 건축주가 비수기에 이 공간을 어떻게 쓸지 문의한 모양이었다. 알베르토는 그 작업을 하고 있었다. 구도만 대략 잡힌 사진을 보고 전시나 공연 상황을 가정해 스케치하고 있었다. 그의 그림은 정말 매력적이었다. 손수 그려 다채로운 색감을 잘 표현했기에 더욱 그랬다.

"와, 진짜 잘 그린다! 그대로 프레젠테이션해도 되겠어!"

"그래? 나중에 제대로 프레젠테이션 할 일 있으면 이 스케치로는 안 될걸. 그땐 너도 도와줘야 해."

"그럼, 좋지."

완공된 필하모닉 사진에서는 이질적인 색감과 재료로 인해 기존 건물과의 연관성이 옅어졌다. 전체 프로젝트의 핵심은 도시를 닮은 뾰족한 외피가 주 공연장을 계단이나 입구 등으로 감싸는 방식이다. 사진만으로는 연계성이 동떨어져 보이나 밖에서 메인 입구를 지나 공연장으로 펼쳐지는 전개는 상당히 흥미롭다. 베를린Berlin에서 기차로 2시간 반이면 방문할 수 있다.

파브리치오

이탈리아 출신인 파브리치오는 스페인에 오래 살았다. 가끔 모국에 강연을 다녀온 뒤 사무실의 이탈리아 직원에게 너무 스페인 사람처럼 이탈리아어를 말하는 것 같다고 너스레를 떨곤 했다. 그는 알베르토와 함께 사무실을 시작한 파트너다. 베네치아에서 공부한 그는 세비야Sevilla에서 알베르토와 직장 동료로 만나 실력을 함께 쌓았다. 둘은 공모전을 함께하며 지금 사무실의 기초를 다졌고 2004년에 바르셀로나에 둥지를 틀었다. 두 사람은 EBV라는 이름으로 스페인에서 규모가 큰 몇몇 공모전에 당선되며 조금씩 성장했다.

파브리치오는 알베르토와 다르게 3D 작업에 능하다. 주로 오토캐드AutoCAD로 모델을 만드는 독특한 방식으로 프로그램을 다룬다. 카메라로 이리저리 모델의 각도를 찾는 모습은 도구만 컴퓨터로 진화하였을 뿐 실제로 모형을 만드는 듯하다. 초기의 작업을 보면 그가 얼마나 많은 모형을 만들며 시행착오를 거쳤는지 실감난다. 3D 모형에 사진을 합성하고 포토샵

에서 작업하는 일도 그의 몫이다. 요즘은 너무 바빠 예전처럼 자주 다루지는 않지만, 밑그림도 여전히 파브리치오가 전담한다. 사무실 외부로 나가는 이미지는 모두 그의 손을 거친다고 보면 된다.

사무실에 합류하자마자 3D 작업을 할 줄 안다는 이유로 그와 일할 시간이 많았다. 옆에서 파브리치오를 보고 있자면 감각 하나만큼은 타고난 것 같다. 미묘한 색감이나 비율의 차이를 찾아내는 등 세밀한 부분까지 포착하는 탁월한 능력이 있다. 그런 성격 탓인지 가끔 예민할 때도 있다. 평소에는 허물없는 농담을 섞어 친구처럼 이야기하지만 예민할 때는 건드리기 힘들 만큼 날카롭다. 파브리치오와 대판 싸운 동료도 더러 있었다. 가끔 고래고래 소리 지르면서 핏대를 올리며 통화를 하기도 한다.

그는 프로젝트를 효과적으로 전달하고 표현할 줄 알았다. 사소한 질문에도 최대한 자세하게 설명해준다. 번거롭더라도 인내하며 버티는 단순한 끈기가 꽤 좋은 무기임을 그에게서 배웠다. 파브리치오와 일하면서 힘들었던 점이 있다. 이탈리아인들 대개가 지녔다는 비례감 때문이었다. 모두가 비례에 관해 이러쿵저러쿵 논할 때 나는 그 개념이 어색했다. 익숙한 비례는 몸이 기억하기 마련인데 나에게는 몸에 저장된 비례 데이터가 없었다. 홀로 사무실에 남아 나만의 데이터를 만들기 위해 공부해야만 했다. 그제야 어렴풋이 감이 잡혔다.

파브리치오는 학교에서 꾸준히 강의도 한다. 가끔 미국에서도 특강을 한다고 한다. 그는 바르셀로나 근처 히로나Girona의 한 대학에서 오랫동안 학생들을 가르쳤다. 여름에는 모교인 베네치아 공대에서 열리는 워크숍에 초청되기도 했으니 건축을 가르치는 내공이 대단한 것 같다.

베레나

이탈리아 북부, 알프스 산맥에 걸친 지역 출신인 베레나는 어릴 적 학교에서 독일어를 배웠다고 한다. 그녀는 베네치아에서 건축을 공부했고 나보다 몇 달 앞서 EBV에서 일을 시작했다. 내가 바르셀로나에서 겪은 온갖 일을 그녀도 같이 경험했다. 베레나는 특유의 친밀함으로 사람들이 숨기고 싶어 하는 것도 술술 말하게끔 하는 신기한 능력이 있었다. 두 소장과도 가까운 자리에서 일했다. 사무실 내 어떤 고충도 두 소장에게 서슴

지 않고 대화로 이어갔다. 어쨌거나 직원 신분이었던 베레나가 두 소장과 허물없이 대화를 나눈다는 것은 그녀가 그만큼 신뢰할 만한 사람이라는 뜻이다. 그래서 그녀는 사무실 사정에 대해 속속들이 아는 것이 많았다. 낮말은 새가 듣고 밤말은 쥐가 듣는다면 그녀는 밤낮 가리지 않고 모든 말을 들었다.

또라이 질량 보존의 법칙이라는 게 있다. 어느 집단에도 일정량의 또라이가 항상 존재한다는 얘기다. 바르셀로나의 작은 사무실도 예외는 아니었다. 자기애가 강하거나 동료들보다 우위에 서려는 또라이가 항상 사무실에 있었다. 베레나와 나는 마주치고 싶지 않은 이들과 함께 일을 하며 인고의 시간을 이겨낸 전우이다. 고맙게도 그들은 제 발로 나갔고 나는 베레나를 비롯한 동료들과 더욱 돈독한 사이가 되었다.

베레나는 1979년생으로 친누나와 동갑이다. 이 사실을 알게 된 후 그녀가 누나로 느껴졌고 더욱 허물없이 지내게 됐다. 그녀의 오랜 동반자 페르난도와도 가까워졌다. 베레나와 야근하던 어느 날 페르난도는 베레나를 기다리다 지쳐 사무실로 야식을 들고 와 밤늦게까지 일하는 우리의 말동무가 되어주었다. 두 사람은 참 따뜻했다. 내가 비슷한 상황에서 누군가에게

온정을 베푼다면 그건 이들에게서 배운 따스함이다.

베레나는 사무실에서 독일어를 가장 잘해 주로 스위스 지역의 업무를 봤다. 현지 사무실과의 연락은 물론 미팅도 알베르토와 동행했다. 더 나아가 스위스, 독일의 공모전을 지원하는 자잘한 업무까지 도맡았다. 그녀는 정말 다재다능한 사람이었다. 무엇보다 베레나는, 내가 2014년부터 현재까지 다니고 있는 베를린 사무실의 지원 공고를 전해 줬던 고마운 동료였다.

베를린으로 이직을 고민할 때 과도한 스트레스로 원형 탈모를 겪었다. 그 고민의 시기에 알게 모르게 함께해 준 사람도 바로 베레나였다. 그녀는 흔쾌히 베를린의 일자리를 알아보는 나를 도와주었다. 당시 구직 요건과 나의 포트폴리오는 회사와 딱 맞지 않았다. 그녀는 밑져야 본전이라며 지원을 독려했다. 지금 회사와의 인연은 그렇게 시작됐고, 어느새 6년을 넘기고 있다. 그녀가 없었다면 나의 베를린 생활도 없었을 것이다.

그녀는 아직도 EBV에 몸담고 있다. 그녀에게는 근속 연수를 세는 게 무의미해 보인다. 한 곳에서 오래 일한다는 것은, 장점은 물론 단점도 있을 텐데 말이다. 내가 그곳에 근무하

던 시절의 동료들은 베레나를 포함한 몇 명을 제외하곤 각자의 길을 찾아 떠났다. 그녀와는 가끔씩 안부를 주고받는다. 그때마다 바르셀로나에 너무 오래 있었다고 푸념을 늘어놓는다. 페르난도는 새로운 곳으로 떠나는 것이 힘든 모양이다. 나는 그저 베레나가 좀 더 나은 환경에서 일하기를 바랄 뿐이다.

건축으로 먹고살기

아르나우와 세실리아가 EBV에 합류한 건 2011년 말이었다. 공모전에 당선되었던 때라 일손이 필요했다. 두 사람은 오랜 기간 커플로 지내며 건축 작업도 함께하는 진정한 동반자였다. 이들은 바르셀로나 공대에서 처음 만난 후 사무실도 함께 운영하며 공모전을 통한 작업도 진행하는 등 경험이 많았다.

내가 바르셀로나 사무실을 떠난 뒤에도 두 사람은 그곳에서 오래 일했다. 이후 첫 아이를 가지며 3인 가족이 되었다. 지금은 둘째까지 낳아 4인 가족이 되었는데, 또 공모전에 덜컥 당선되었다고 한다. 독일의 데사우Dessau에 새로 짓는 박물관 프로젝트였다. 그 도시가 심혈을 기울여 준비하는 작업의 주인공이 된 것이다. 둘은 다니던 사무실을 그만두고 새 사무실을 열었다. 그게 2014년의 일이었다.

직원이 자기 일을 하겠다며 독립 선언을 하면 사무실과의 관계가 복잡해지기도 한다. 같은 업계의 경쟁 관계로 돌아서고 인수인계 등 사무실 일정이 얽히기 때문이다. 감정이 상해 아예 인연을 끊는 경우도 허다하다. 두 사람도 사무실을 떠날 때 적잖이 복잡미묘했던 모양이다. 일하던 직장을 그만둘 때 웃으며 헤어지는 일은 이별한 연인에게 축복을 비는 것만큼이나 복잡한 감정일 것이다.

이들의 소식은 월급쟁이로 사는 나에게 신선한 자극이었다. 나도 그들처럼 되고 싶었다. 혼자 상상의 나래에 빠져 조용히 미래를 그려 보기도 하고 지나간 시간을 돌이켜 보는 계기가 되었다. 그러나 먹고사는 문제는 가장 중요해서 이 고민을 멈출 수도, 피할 수도 없었다. 무엇보다 경제적 공백을 최대한 피해야 했다. 그들처럼 회사에 다니면서 별개로 공모전에 도전해야 할까. 그러나 그게 말처럼 쉬우랴. 세실리아와 아르나우처럼 규모가 큰 공모전에 당선되어 월급쟁이 생활에서 벗어나는 것은 복권 당첨에 가까운 일이었다. 직장을 다니며 육아까지 병행하고 공모전도 준비하다니, 대단한 사람들이었다.

작년 여름, 베를린에 잠깐 들른 그들과 저녁 식사를 한 적이 있다. 2014년 공모전으로 시작한 미술관 프로젝트는 어느덧 막바지를 향해 가고 있었다. 준공식 행사로 독일에 온 둘은 베를린에 딱 하루 머물렀다. 그 사이 4년의 세월이 흘렀다. 이 프로젝트 덕분에 아이들을 별 탈 없이 키웠고 사무실도 큰 기복 없이 이끌었다고 한다. 둘은 다른 일도 알아보고 공모전에도 지원하는 등 바삐 움직이고 있었다. 그러나 아직 뚜렷한 다음 일이 정해지지 않았다고 했다. 큰 공모전으로 어느 정도 기반을 마련한 줄 알았는데 그렇지는 못했다. 건축가들이 프로젝트를 따내 먹고살던 방식은 이제 작동하지 않는 것 같다.

먹고사는 문제를 고민하는 게 끝나지 않는 이유는 예측할 수 있는 일이 점점 줄어드는 시대에 살기 때문일까. 세실리아와 아르나우가 그랬듯 우리는 각자의 자리에서 아등바등 살아간다. 결국 세상 어디에서나 먹고사는 모습은 고만고만하다. 저마다 비슷한 고민을 한아름씩 안고 사는 것인지도 모르겠다.

불법 체류 신세

바르셀로나에 올 때부터 비자 문제가 해결될 거라고 기대하지 않았다. 일반적으로 스페인 건축 사무소는 근로 계약서를 쓰지 않는다. 전반적인 문화가 그랬다. 흥미롭게도 이는 교육 제도와 연관이 있다. 스페인에서는 건축학과 졸업장을 따면 학사 학위와 동시에 국가 자격증을 취득한다. 한국이나 미국, 영국 등은 학부를 졸업하고 실무 및 시험을 거쳐 건축사 자격증을 따는데, 스페인은 대학 졸업장이 이 모든 절차를 대신하는 것이다.

스페인에는 대학 졸업자 수 만큼의 공인 건축사가 있다. 그러다 보니 어디에서 일하더라도 소장과 직원 간의 법적 책임 유무가 동등하다. 마치 근로 계약서 없이 프리랜서처럼 일하는 환경이다. 그러나 이방인인 내가 보기엔 아주 그럴듯한 핑계였다. 이탈리아나 포르투갈 등 비슷한 교육 제도를 가진 국가들은 근무 환경도 비슷했다. 비자가 필요 없는 내국인과 비자가 필수인 외국인을 대하는 태도가 처음부터 달랐다. 이방인에 대한 배려의 인식이 애초에 부족했다.

나는 그런 관행과 문화의 소용돌이를 통과하고 있었다. 마드리드 공대에 등록해 연장한 비자는 이미 만료된 지 오래였다. 이러지도 저러지도 못한 채 막막한 상태로 지냈다. 주말에도 출근할 만큼 사무실 일이 바빴다. 비자가 없는 외국인은 어떤 서류도 합법적으로 만들 수 없었다. 법과 제도로부터 멀어진 존재였다. 이런 상황에서 비행기를 타는 것은 너무 위험했다. 대략 3년 전에 찍힌 여권 도장은 문제가 될 소지가 있었다. 관광객과 유동 인구가 뒤엉킨 유럽 내 노선이야 도박하는 심정으로 타볼 만했지만, 영국이나 비유럽권을 비행기로 이동하는 것은 생각해보지 못했다.

그런 와중에 3년 만에 귀국해야 하는 일이 생겼다. 친누나가 결혼한다는 소식이었다. 어떻게든 한국행 비행기에 몸을 실어야만 했다. 비자 문제가 생길 것은 불 보듯 뻔했다. 이번에 한국으로 가면 다시 스페인 땅을 밟지 못할 수도 있었다. 어떻게든 비자 문제를 해결해 바르셀로나에서 살고 싶었다. 머리를 쥐어짜며 고민을 거듭하다가 석사 과정을 등록하면 되겠다는 묘수가 떠올랐다.

바르셀로나 공대에서 석사 학위를 받기 위해서는 여권 및 스페인 비자를 새로 받아야 했다. 무사히 귀국만 한다면 유학을 위해 다시 스페인으로 올 수 있다는 것이다. 만일 계획대로 석사 과정을 밟게 되면 사무실 일정에 지장이 없도록 일주일에 두 번 정도 한 시간 일찍 퇴근할 요량이었다. 다행히 알베르토도 동의했다. 회사도 책임이 있으니 등록금은 사무실에서 부담하겠다고 했다. 그라시아스Gracias!

석사 과정을 차근차근 준비하고 회사 동료들의 도움으로 입학 절차도 마친 후 귀국길에 올랐다. 핀란드 헬싱키Helsinki 공항에서 환승 절차를 거쳐야만 했다. 출입국 심사대에서 있었던 일이 아직도 생생하다. 누나에게 줄 결혼 선물을 한 손에 쥐고 있었고, 심장은 터질 듯이 뛰었다. 귀국 일정도 정말 빠듯했다. 쫓기듯이 비행기 표를 구한 터라 도착한 다음 날이 바로 결혼식이었다. 잘못하면 결혼식도 못 가는 상황이 생길 수 있었

다. 유럽에서 혼자 먹고살기 바빠 누나에게 어떤 것도 해준 게 없는데, 결혼식마저 못 본다면 할 말이 없는 처지였다. 나 때문에 어쩔 수 없이 한여름인 7월 말에 날짜를 잡았는데, 못 간다고 할 수도 없었다.

헬싱키 공항 출입국 직원이 여권을 뚫어지게 보았다. 마지막으로 유럽에 입국한 게 3년 전이니 비자와 체류 서류를 보여달라고 했다. 결국 나는 출입국 직원들에 둘러싸인 채 뒤쪽 사무실로 불려 갔다. 유럽 생활이 여기서 이렇게 끝나나 싶었다. 허망한 마음에 지난 일이 주마등처럼 스쳤다. 직원들이 번갈아 가며 취조라도 하듯 질문했다. 비자 없이 핀란드 땅을 밟은 것이 죄목이었다. 그렇게 애타는 사이 비행기 이륙 시간이 코앞으로 다가왔다. 불안한 마음에 내가 감정적으로 동요하기 시작하자 출입국 직원 한 명이 나에게 말을 건넸다.

“비행기에 탈 거니까 걱정하지 마세요. 대신 통지서를 챙겨 한 달 이내에 벌금을 내면 됩니다.”

“벌금만 내면 다시 돌아올 때 이곳에서 또 환승할 수 있나요?”

“상관없습니다.”

생각보다 허술한 구류 과정이 끝나고 아슬아슬하게 서울행 비행기에 올랐다. 그렇게 3년 만에 가족들을 만났다. 누군가 나와 비슷한 상황에 처한다면 우선 침착하라고 조언하고 싶다. 어쨌든 비행기를 놓치면 출입국 사무소 직원들도 복잡해지긴 마찬가지다. 중대 범죄를 저지르지 않았다면 예정대로 비행기에 올라 목적지에 잘 도착할 것이다. 막상 그 상황이 되면 머릿속이 하얘지겠지만.

끝이라고 생각했지만

바르셀로나 EBV에서 스위스 로잔의 미술관 공모전에 참가하던 중이었다. 이 정도의 국제 공모전은 본격적으로 작업을 시작하기 전 등록 단계부터 할 일이 많다. 경쟁해야 할 팀이 얼마나 되는지, 익명으로 할지 이름을 밝힐지, 최종 마감 후 저작권은 어떻게 되는지 수많은 규칙이 정해진다. 그러나 참가하는 사람들의 가장 큰 관심사는 경쟁팀들이다. 대개 그럴 때마다 동료들의 반응은 둘로 나뉜다. 우리가 감당할 수 있을까 하는 자조 섞인 목소리와, 무작정 할 수 있다는 자신감. 나의 반응은 줄곧 후자였다.

공모전 참가 요건을 갖춰 1차 관문을 통과한 팀은 스무 개 남짓이었다. 참가하는 팀들의 사무실 위치나 규모는 천차만별이었다. 스페인 사무실도 많았는데 우리가 가장 젊은 사무실인 것만은 분명했다. 우리가 다른 팀을 보며 들어보지 못한 사무실이라는 반응을 보인 것처럼 다른 이들도 우리에게 비슷한 시선을 보냈을지도 모른다.

공모전이 나아갈 방향에 대해 뚜렷한 밑그림을 가진 소장이 이끄는 사무실은 업무가 수직적으로 진행된다. 전체적인 프로젝트의 방향은 오랜 경험과 연륜이 있는 소장이 결정하고 팀원은 기능적인 문제만 푸는 방식이다. 리더의 밑그림을 어떤 방식으로 구현해야 하는지 말이다.

EBV의 연장자인 알베르토와 사무실에서 가장 어린 신입사원의 나이 차는 고작 9살에 불과했다. 덕분에 회의 때마다 격의 없는 토론이 이뤄졌다. 소장들을 제외한 나머지 직원의 주장도 판이했다. 다들 의욕이 넘쳐 자신의 의견을 강하게 피력했다. 그렇다고 모두들 자신의 주장만 고집하지 않았다. 때로는 다른 사람의 제안이 더 낫다고 말할 줄 아는 수평적인 분위기였다.

네 달간 서로 의견이 달라 몇 시간 동안 토론으로 열을 올리

기도 했다. 세계의 미술관을 조사해서 특징과 본질이 무엇인지 공부도 많이 했다. 의견이 참신하고, 설득력이 있으면 다 같이 공감하여 밀어붙였다. 그 공모전에 매달린 기간은 생산적이고 창조적인 시간이었다. 물론 두 소장의 역할도 컸지만 모두가 하나의 팀이 되어 만든 만족스러운 프로젝트였다.

사무실 규모가 작을수록 민첩한 몸놀림이 요구된다. 세심한 분업화가 능사는 아니다. 급하거나 필요하면 모든 걸 할 줄 알아야 한다. 화재 현장으로 모두가 긴급 출동하는 소방관의 자세처럼 말이다. 특히 크고 중요한 공모전 마감이 임박하면 모든 직원은 긴긴밤을 하얗게 불사른다. 그렇게 일곱 명의 사무실 직원들과 로잔에서 사무실을 운영하는 현지 파트너 셋이 합심해서 치열하게 공모전을 마감했다. 그리고 그 세 명이 마지막 출력 결과물을 들고 직접 로잔으로 가 제출했다.

치열했던 출품을 마친 후 며칠 간 달콤한 휴식을 취했다. 휴가도 잠시, 다시 사무실로 모인 직원들은 새로운 공모전 탐색에 들어갔다. 당시 스페인 경기는 더욱 꽁꽁 얼어붙어 공모전도 별로 없었다. 건설 현장조차 도중에 멈추는 등 예상치 못한 상황이 속출했다. 새로운 일을 어떻게든 만들어야 하는 시기였다. 그러던 중 사무실 전체 회의에서 급여를 두 달만 지급할 거라고 했다. 알베르토는 각자 어떻게 할지 결정해야 한다고 말했다. 어차피 바르셀로나로 오기 전에 한국으로 돌아갈 준비를 하고 있었지만 그래도 막막했다. 이삿짐을 보낼 날짜와 귀국 일정도 구체적으로 정해져 있었다.

2011년 5월 말쯤의 화창한 봄날, 대반전이 일어났다. 로잔 공모전에 당선된 것이다. 파브리치오가 사무실 반대쪽에서 얼굴을 감싼 채 복도로 뛰어오며 소리쳤다.

"우리가 로잔에 당선됐어!"

지금도 그 모습이 눈에 선하다. 심사위원들이 당선작을 결정한 후 공개 보도 자료를 뿌리기 전에 당선자에게 귀띔을 해주는데, 그 전화를 파브리치오가 받은 것이다. 알베르토는 출장 중이었기에 그날 저녁에 돌아오고 나서야 회식에 참석했다. 그날 밤은 축제였다. 공모전 당선도 그렇고 네 달간 이어졌던 마음고생은 그 순간을 더 달게 만들었다. 기적처럼 스페인 생활의 마침표를 찍지 않게 되었다. 롤러코스터와 같았던 이 기간은 공모전을 대하는 자세의 기준점이 되었다. 동료들과 하나 되어 진심으로 작업하면 발휘되는 마법 같은 시너지를 느꼈다. 팀원 중 어느 한 명이라도 동의하지 않는다면 누수가 생긴다. 공모전 규모가 클수록 다수의 의견을 모아 하나로 합심하기 어렵다. 그래서 공모전 당선은 어려운 일인 것 같다.

Barcelona

끔찍한 선물

EBV의 업무 강도는 갈수록 높아졌다. 직원은 늘었지만 업무가 늘어나는 속도를 따라가지 못했다. 공모전 참여도 더욱 빈번해졌다. 모두 아이디어를 쏟아내며 최선을 다했지만 효율은 도리어 더 떨어지고 있었다. 직원들 모두 자신의 생각을 주장하는 데 목소리를 높였다. 나 역시 다르지 않았다. 당선된 여러 공모전에서 내 역할이 컸다는 생각이 마음 깊은 곳에 자리하고 있었다. 내 의견이 받아들여지지 않을수록 스트레스가 켜켜이 쌓여갔다. 사람들이 동의해주길 바랐다. 나는 어느새 프로젝트가 아닌 내 욕심을 위해 일하고 있었다.

삶은 더 피폐해지고 있었다. 당시 나는 베를린과 바르셀로나를 오가는 장거리 연애로 길바닥에 돈을 흘리고 있었다. 언제까지나 이렇게 지낼 수는 없다는 생각이 강하게 들었다. 그냥 모든 게 다 싫었다. 사소한 일에도 짜증이 나고 예민해졌다. 그러던 어느 날이었다.

"잠깐만, 그게 뭐야?"
"응?"
"세상에, 너 여기 머리 빠진 거 알았어?"
"뭐? 머리가 빠졌다고?"

우연히 지인이 머리에 난 땜빵을 발견했다. 나는 충격에 빠졌다. 혼자 살았으니 원형 탈모가 보일 리 없었다. 오백 원짜리만 한 땜빵은 흉측했다. 그즈음 스트레스를 많이 받았다. 의욕은 넘쳤지만 뜻대로 결과가 나오지 않았다. 온종일 일에 매달렸고 저녁 식사가 뒤죽박죽일 정도로 일상은 엉망이었다. 석사 수업 준비, 나에게 새로운 기회를 줄 개인 공모전, 자잘한 집안일 등으로 인해 수면 시간을 빼고는 몸과 마음이 편히 쉬질 못했다.

몇 년 전, 아버지가 정년 퇴직할 즈음 심각한 원형 탈모를 겪었다는 얘기를 어머니로부터 들었다. 그때만 해도 내가 원형 탈모를 겪게 될 거라고는 상상도 하지 못했다. 아버지가 스트레스를 얼마나 많이 받았으면 그렇게 되었을까, 그 정도로만 생각했다. 얼마 후 아버지의 원형 탈모를 직접 보게 됐다. 희끗한 새치들도 어느새 하얗게 변색되었다. 아버지는 그 모습을 가리기 위해 줄곧 모자를 썼다. 유전적인 이유도 있겠지만, 우리 부자의 원형 탈모는 과도한 스트레스 때문이 분명하다.

원형 탈모는 내가 정말 행복한가에 대한 철학적인 질문부터 당장 어떻게 해야 하는지 현실적인 질문까지 하게 만들었다. 무엇보다 지금 이대로는 아니라는 결론에 가까워졌다. 손에 잡히지 않는 미래를 생각하며 빠듯한 월급으로 지금과 같은 무비자 생활을 언제까지 해야 하는지 고민했다. 원형 탈모는 지금 내가 무엇을 할 수 있는지 물음을 던지는 계기였다.

건축을 그만두면 모를까 바르셀로나에 있는 한, 사랑하는 건축이 오히려 삶의 질을 형편없게 만들 것이라 생각했다. 우여곡절 끝에 등록한 석사 과정은 이제 막 첫 학기를 맞았지만, 애초에 석사 과정을 끝낼 수 있으리라고 감히 상상도 하지 않았다. 그럴 마음의 여유도, 경제적인 여유도 없었다. 바르셀로나에는 학벌도 좋고 실력도 출중한 사람들이 널려 있었다. 석

사 학위를 가진다고 해서 더 나은 삶을 보장받는다고 생각하지 않았다.

나는 온갖 핑계를 대고 있었다. 결국 명분 좋은 석사 학위도 원형 탈모가 준 충격에서 벗어나게 하지 못했다. 어느덧 바르셀로나를 떠나야겠다는 생각이 자라나기 시작했다. 그때부터 본격적으로 베를린 소재의 사무실을 알아보기 시작했다. 바르셀로나를 떠난다면 스페인도 떠나야 한다고 생각했기 때문이다.

Barcelona

예측할 수 없는 인연

불법 체류의 아픔을 뒤로 하고 우여곡절 끝에 서울에 도착했다. 누나의 결혼식도 무사히 끝났으니 한 달간 서울에서 휴가를 즐기면 됐다. 3년이라는 세월이 제법 길었는지 서울의 모든 풍경이 어색했다. 한국에 있을 때 아파트에서 쭉 살았던 내가 아파트 화장실의 낮은 천장을 낯설어 했다. 시내버스의 가파른 승강대도, 이리저리 교차하는 고가 도로도 모든 게 낯설었다. 물론 일주일 만에 적응했지만, 잠시나마 서울을 어색하게 느낀 그 시선이 흥미로웠다. 익숙한 것을 다르게 보는 첫 순간이었다.

가족이나 친구들은 항상 옆에 있었던 것처럼 어제 만난 듯 편했다. 일상에서 쓰는 언어가 바뀌면 성격도 바뀌나 보다. 외국어는 말하는 게 모국어처럼 편치 않아 사소한 감정 표현은 하지 않기 마련이다. 원래 하고 싶은 말은 다 하고 따질 건 따지는 성격이지만 스페인에서는 그럴 능력도 여유도 없었다. 그런 세월이 3년이었으니 나는 주변 사람들이 기억하던 내 모습과는 다른 사람으로 변해 있었다.

2013년의 여름은 아주 특별했다. 그해 여름, 지금의 아내와 서울에서 다시 만났기 때문이다. 우리는 2011년 바르셀로나의 교회에서 처음으로 알게 됐다. 당시에는 각자 연애를 하느라 바빠 서로 잘 몰랐다. 그녀는 바르셀로나에서 공부를 마친 후 귀국했고, 그 뒤로 연락은 닿지 않았다. 간간이 소식만 전해 들을 뿐이었다. 어느 날 그녀가 서울 서촌에서 스페인 레스토랑을 운영한다는 소식을 들었다. 그녀가 귀국할 때만 해도 특별한 계획이 없다고 했는데, 어떻게 된 건지 문득 궁금해졌다.

알음알음 레스토랑의 이름을 알아내 무작정 서촌으로 향했다. 어느 여름날, 통인시장을 지나서 골목에 접어드니 그 언저리에 그녀의 가게가 있었다. 오랜만인데도 반갑게 인사를 나누고 이야기를 나눴다. 커피 한 잔을 대접받고 나는 다른 약속이 있어 이내 자리를 떴다. 지금 생각해도 무슨 생각으로 그곳에 갔는지 모르겠다. 스페인 레스토랑을 한다니 나도 한국에서 가게나 해볼까 하는 마음으로 가본 것 같다. 미래를 내다볼 수 없는 스트레스는 온갖 불안을 가져왔다. 그래서인지 건축 외에도 먹고살 방법이 있는지 고민하기 시작했다.

그 후, 3년의 세월이 흘렀다. 그녀가 어느 날 독일로 출장을 왔고, 우리는 두 번째로 만났다. 그 인연이 이어져 결혼까지 했으니 사람 일은 정말 알 수가 없다. 우리는 사뭇 다른 듯했지만, 결혼관만은 비슷했다. 둘 다 결혼할 생각이 없었다. 서로 삼십 대 후반으로 접어들었는데도 이대로가 좋다고 했다. 볼 생각도 없던 영화를 우연히 보고 빠져드는 것처럼 생각지도 못한 시점에 인생이 바뀌었다.

그 뒤로 나는 이상한 믿음 같은 것이 생겼다. 내가 스페인을 거쳐 독일에 사는 것처럼 세상에는 예상할 수 없는 일이 너무나 많다. 때로는 예측하지 못한 일로 슬프기도 하지만, 기쁜 일도 많다. 이 알 수 없음이 나는 좋다. 오늘은 무슨 일이 일어날까 하는 기대를 해본다. 오늘의 사소한 일이 훗날 어마어마한 사건이 되는 알 수 없음에 대한 기대 말이다.

Barcelona Bus

Chapter. 4

나만의 오답 노트

정답 대신 모범 답안

설계와 관련한 짧은 글을 쓰는 것도 어려워했던 나의 서툰 글솜씨로 최대한 솔직하고 쉬운 이야기만 쓰고 싶었다. 그런 글이 독자와 소통하기 쉽기 때문이다. 내가 매일매일 접하고 사는 건축 이야기는 최대한 배제하고 싶었다. 글을 잘 쓰는 재주가 없어 알고 보면 재밌는 건축을 더 어렵게 만드는 것 같아서였다. 그러나 글을 쓰다 보면 아무래도 나의 시간을 가장 많이 차지한 건축 이야기가 여러 형태로 묻어 나오게 된다. 그 이야기를 묶은 것이 나만의 오답 노트이다.

이 글은 스스로를 위한 혼자만의 끄적임이다. 건축 설계라는 일이 정답은 없고 모범 답안 정도만 있는 분야여서 스스로 만드는 나만의 기록은 여러모로 중요하다. 그렇다고 누구에게 모범이 되려고 하는 건 아니다. 그저 어떤 것이 건축을 위한 최선인지에 대한 생각을 구축해 나가는 과정이었다. 그래서인지 지난날의 기록을 보면 모노드라마를 찍는 듯한 어투에 손발이 오그라들기도 한다. 지금 하는 생각이 이때부터 고민한 결과라는 소중한 피드백을 얻기도 한다. 나만의 건축을 공부하기 위해 오답 노트를 정리하는 것 또한 의미 있는 기록이라 믿는다.

많은 기록 중 특별히 공들여 계획한 여행이나 답사를 선별했다. 의사소통이 제대로 되지 않아 여행할 때 답답했던 기억이 다수인 추억들이다. 특히 몇 개의 건물은 여행 전 사전 공부를 하고 직접 가서 본 후 다녀와서 기록을 뒤적이며 나에게 더 소중하게 남았다. 여행을 하며 우연히 접한 예상치 못한 일은 항상 나를 설레게 했다. 여행지에서 만난 건물이 그랬고, 나의 생각이 그랬고, 사람이 그랬다. 그러니 이 기록을 보며 내가 정답을 찾아 헤매던 즐거움을 글을 읽는 누군가도 우연히 발견할지 모르겠다.

스페인에 머문 6년 동안 나름 여러 곳을 다니며 많은 건축물을 보려고 했다. 스페인에서 더 큰 세상을 보며 성장하고 싶었다. 그러니 어떤 의미에서 이 오답 노트는 나의 성장 일기이다. 이때의 생각들이 오답인지 정답인지는 아직까지도 모르겠다. 아니, 그건 별로 중요하지 않다. 오히려 오답이었으면 좋겠다. 이번에 틀리면 나중에 정답을 찾을 기회가 있기 마련이다.

맞고 틀리고를 떠나서 수없이 시도하고 덤벼 봐야 나만의 철학이 생긴다는 것을 깨달았다. 대수롭지 않은 생각도 하나의 가치로 내세울 수 있는 소중한 경험들. 현재 먹고사는 데 바탕이 된 귀한 시간이다. 학교에서 수업을 들으며 공부하고 학위를 받는 것만큼 맨땅에 헤딩으로 여행하며 직접 세상과 부딪히는 것도 효과적이었다고 생각한다.

Huesca

명곡을 편곡하기

마드리드의 가을 날씨는 덥지도 춥지도 않은 이상적인 날씨여서 장소가 낯설어도 적응하기 쉽다. 겨울이 오기 전 더위가 한풀 꺾인 날씨에 이곳저곳 다니다 보니 도심이 좁게 느껴져서 좀 더 멀리 떠나고 싶어졌다. 일단 당일치기로 다녀올 수 있는 장소부터 찾았다. 다행히 해가 길어서 일정에 쫓기지는 않았으나 교통편이 꼬이면 낯선 곳에서 하룻밤을 자야 했다. 그래서 최대한 모든 가능성을 대비해 여행 계획을 상세하게 짰다. 첫 중거리 여행의 목적지는 모네오의 최근 작업이 있는 우에스카Huesca였다.

모네오는 1996년에 건축계의 노벨상이라 불리는 프리츠커상Pritzker Prize을 받은 스페인 대표 건축가이다. 80세가 넘은

연세에도 불구하고 활발히 활동 중이다. 전성기보다 작품 수가 줄고, 성향이 조금씩 변했어도 그는 내가 가장 존경하는 건축가이다. 마드리드에 있는 그의 사무실에서 무작정 일하고 싶다는 꿈을 꾸었을 때만 해도 좋아하는 건축에 어떻게 다가가야 하는지 몰랐다. 모든 것이 어렴풋하니 당장 내가 할 수 있는 일부터 하는 방법밖에 없었다. 책이나 인터넷으로 건축물을 접하거나 직접 방문하여 건축가의 의도를 파악하는 것이다. 그런 식으로 모네오의 생각을 따라가는 게 재미있었다. 책과 답사를 통해 직접 느끼고 경험한 건축 정신을 나중에 활용해야겠다는 다짐도 잊지 않았다. 그래서 더 많은 답사와 예시가 필요했다.

CDANCentro de Arte y Naturaleza은 개인의 이름을 딴 재단이 운영하는 전시 시설이다. 사실 유사한 배경을 가진 개인의 전시 시설은 세계 어디에서나 자주 찾아볼 수 있다. 성공한 예술가가 자신의 이름을 딴 재단을 세우는 것은 익숙했지만 모네오가 소규모 재단의 작업에 참여한다는 사실이 기대됐다. 무엇보다도 건축가들이 꿈꾸는 작업이자 건축의 꽃이라 불리는 전시 시설이 아닌가. 일상의 배경이 되는 주거 시설이나 업무 시설 등과 달리 공간 자체가 예술을 담은 문화 시설이다.

굽이치는 외부 벽은 그 형태나
재료의 색감이 주변 풍경과 닮아 있다.

◦CDAN

관람 동선이 굽이치는 벽 사이로
이어진다. 벽 중간에 끊긴 부분에서 빛이
내부로 스며든다.

기차에서 버스로 환승한 후 한참을 걷고 걸어 멀리 보이는 목적지에 접근했다. 멀리서도 제법 선명하게 보이는 유연한 곡선 형태의 벽을 따라 그림자가 비쳤다. 그 벽에 가로로 일정하게 새겨진 음각의 무늬들이 그림자를 더 돋보이게 했다. 주변 건물과의 조화를 고민해야 하는 도심이 아닌 한적한 평지에 홀로 서 있어 자연과도 잘 어울렸다. 지역을 대표하는 풍경에서 자연 재료의 느낌을 표현하려는 건축적인 시도도 충분히 가능해 보인다.

내부 공간이 큰 편이 아니라 천장이 필요할 것 같지는 않다. 곡선으로 흘러가는 벽 사이에 틈이 있어 측면으로 빛이 들어와 실내가 항상 밝기 때문이다. 카페, 상점, 워크숍, 작업실, 수장고까지 있어 단순한 전시 시설이 아닌 복합 문화 공간의 기능을 갖추고 있다. 아마도 건축주가 상상한 그림이 이러한 복합 시설의 모습이었을 것이다.

모네오의 건축은 여러 문화유산과 역사가 겹겹이 얽혀 있는 스페인에서 더 빛을 발한다. 지난 시간의 흔적을 세련된 기법으로 현재의 것으로 재창조한다. 역사와 대화하여 그 장소와 시간에 맞는 작품들이 나온다. 그 장소에만 어울리는 그의 농

익은 시각이 건축물에 녹아 나온다. 그의 새로운 건물은 근처에 있는 몇백 년 된 고건축물과 대화하려 애쓴다. 주변 건물과 조화를 이루어야 역사가 계속 이어진다는 모네오의 건축 정신이 엿보인다.

이런 작업이 벽돌처럼 하나씩 쌓이다 보면 시간이 흐른 뒤에도 지난 역사를 시대에 따라 읽어낼 수 있다. 마치 나 같은 이방인이 과거를 담은 건축물을 보려고 마드리드까지 왔듯이 말이다. 반대로 주변에 그럴듯한 이야깃거리가 없을 때는 현대 건축 거장들의 작품에서 영감을 얻는다. 잊힌 명곡을 근사하게 편곡하는 것처럼 말이다. 이렇게 상황에 따라 유연하게 작품을 만드는 그를 어떤 평론가는 여우 같다고 표현하기도 한다. 그러나 나는 어울리지 않을 것 같은 생각들이 세심하고 대범하게 얽혀 조화를 이루는 그의 입체적인 시선이 좋다.

아이러니 문법

마드리드에서 첫 연말을 보냈다. 겨우내 움츠렸던 기운이 되살아날 때쯤 스페인 남부의 그라나다Granada로 향했다. 스페인 남부를 여행하는 사람은 대부분 알람브라Alhambra 궁전을 보기 위해 그라나다로 모인다. 그라나다는 짧은 겨울을 제외하고는 항상 성수기다. 나는 차갑고 매서운 바람이 부는 비수기를 노려 2월에 밤 버스를 타고 여행을 떠났다. 어차피 혼자 가는 여행이었고, 숙박은 길어야 이틀이면 충분했으니 시설이 어떻든 상관없었다. 낮에 버스를 타면 하루를 통으로 날려야 하니 일부러 밤 버스를 탔다. 그렇게 여행의 밑그림을 그려놓고 그라나다에 대해 사전 조사를 시작했다. 대체 그 유명한 알람브라란 어떤 곳인가.

코르도바Cordoba나 세비야에서는 무어인과 로마인의 흔적이 엿보이는 건축물을 종종 볼 수 있지만, 그라나다에는 이슬람교를 믿는 무어인들의 흔적이 지배적이다. 그라나다의 2월은 마드리드와 달리 약간 쌀쌀한 봄 날씨 같았다. 현지의 스산한 날씨 때문인지 이베리아반도를 벗어나 아프리카 북쪽 끝자락에 온 듯한 기분이었다.

체계적인 도시 계획과 돌 하나하나에 새긴 정교한 장식까지. 당시 무어인의 경제력과 종교의 힘을 새삼스럽게 느꼈다. 변화가 많은 아치, 섬세한 기둥, 벽면 장식 등 이슬람 미술을 가까이서 접할 수 있었다. 이제껏 살면서 그렇게 정교한 건축을 본 적이 없었기 때문일까. 보고 또 보고, 사진을 이리 찍고 저리 찍어도 끝이 없었다. 심지어 요즘처럼 3D 프린터로 찍어낸 것이 아니라 모두 사람이 직접 만든 것이라니, 새삼 종교의 힘이 대단하게 느껴졌다.

메수아르Mexuar 궁은 알람브라 궁전에서 가장 오래된 공간이다. 왕이 재판을 보거나 기도할 때 이용한 이곳은 다른 방에 비해 촘촘하고 묵직하다. 왕은 공정한 재판을 위해 밀폐된 공간에서 죄인의 얼굴을 보지 않은 채 판결을 내렸다고 한다. 지

그라나다 성당

메수아르 궁

구의 4원색을 상징하는 검은색, 파란색, 초록색, 노란색 타일로 장식된 벽이 인상적이다. 이곳에서 코마레스Comares 궁으로 가기 전 왕을 알현하기 위해 모인 각국의 대사들이 대기하거나 왕이 대신들과 물담배를 피웠다고 한다.

코마레스 궁의 벽, 기둥, 아치와 천장에는 아라베스크Arabesque 무늬와 예술적인 코란 글귀가 빼곡히 새겨져 있다. 각국에서 모인 사신을 맞이하기 위해 만들었다는 이곳에서 경복궁의 경회루를 떠올렸다. 그러고 보니 경회루도 인공 연못을 파고 섬의 형태로 만들어졌다. 개인적으로 경회루처럼 탁 트인

코마레스 궁

누각의 형태를 더 선호한다. 반면 이곳은 내부와 외부의 경계가 좀 더 명확하다. 햇빛이 강렬하게 내리쬐는 외부 공간과 화려한 장식이 가득한 내부 공간의 교차는 특유의 매력을 한층 더한다.

역사가 깊은 건축을 몇 장의 사진이나 책으로 단번에 이해할 수는 없다. 그렇기에 훗날 여행하면서 만난 강렬한 장면을 다시 꺼내보며 그때의 감각을 되살리기 위해 모든 순간을 기록하고 싶었다. 아벤세라헤스Sala de los Abencerrajes는 두 개의 정사각형을 중첩하여 마치 별처럼 보이는 천장만으로도 충분

◦ 아벤세라헤스 방

동굴 속 종유석 모양을 천장에 장식하는 모카라베(Mocarabe) 기법을 사용했다.

궁을 빠져 나오면 산등성이 같은 길을 타고 내려간다.

난간처럼 계단 양 옆에 설치된 수로를 따라
흐르는 물은 주변 식물에 물을 제공하면서
성 곳곳의 습기를 조절한다.

히 독특하다. 코란에서는 우상 숭배를 금기하기 때문에 살아 있는 사람이나 동물을 문양으로 새기지 않는다. 대신 아라베스크 무늬와 코란 글귀 등을 섞어 이슬람 특유의 장식을 더하니 눈을 뗄 수 없는 강렬한 인상을 준다. 알람브라 궁전은 사진으로 그 장엄한 아름다움이 전해지지 않는다. 물이 졸졸 흐르는 소리와 쨍한 햇빛, 소름 돋는 정교함 등을 직접 눈으로 보아야 비로소 느낄 수 있다.

그라나다의 숨겨진 볼거리

자이다Zaida 빌딩은 시자의 작업에 관심이 있다면 그라나다에서 한 번 가볼 만한 곳이다. 시내 가까이에 위치해 접근성도 좋고, 트인 광장에서 멍하니 건물을 바라보기에 좋다. 내부가 개방적이라 구석구석 구경할 수 있다. 건물 앞 광장을 마치 교회 건물처럼 굽어보는 두 개의 타워가 인상적이다. 이 타워는 별도의 기능 없이 높이와 모양만 맞춘 것이다. 정면의 입면이 대칭에 근거하지만, 구석에 있는 조그마한 창들이 균형을 흩트린다. 1층의 입구는 입구 양옆의 창문보다 크기가 작다. 더 큰 창으로 건물의 규모에 맞는 대단한 입구가 있을 것 같지만 말이다. 내부로 들어가면 특유의 분위기를 풍기는 대리석 마감을 볼 수 있다.

알리칸테Alicante 강의실은 시자가 강의를 위해 대학가에 지은 건물이다. 수도원과 흡사한 ㄷ자 평면 형태를 보인다. 스페인의 대학 건물들은 매우 다양하다. 단 한 명이 설계한 듯한 한국 캠퍼스에서 공부한 나는 저마다 특색을 가진 스페인 건물이 신선했다. 이곳의 대학 캠퍼스는 교문을 들어서면 전혀 다른 세계처럼 느껴진다. 도시의 일부가 되어 일상에 깊숙이 녹아 어디까지가 대학인지 구분이 안 되는 대학 건물이 부러웠다.

시자의 건축을 흔히 시적인 건축이라 한다. 겉으로 보기에는 단순하지만 자세히 보면 건축 요소가 의미를 함축하고 있다. 그의 건축은 여러 상황에 따라 유연하게 읽힌다. 보는 이에 따라 불필요해 보이는 장식을 사용한 듯하지만 모두 건물에 리듬을 만드는 역할을 한다. 마치 운율에 맞게 건축을 읽는 것처럼 말이다.

ㅇ자이다 빌딩

보는 각도에 따라 옥상으로 올라가는 계단식 같기도, 첨탑 같기도 하다. 건물의 기능과 미적인 역할을 적절히 잘 섞어 놓았다.

알리칸테 강의실

각기 춤을 추는 듯한 이 파라펫은
해를 가려 그늘을 만들고,
비에 젖지 않게 하는 기능을 한다.

Mallorca

예상치 못한 답변

이비자Ibiza, 마요르카Mallorca, 테네리페Tenerife는 스페인 섬 가운데 가장 유명한 곳이다. 이 중 이비자와 마요르카는 전 세계에서 관광객이 모여든다. 특히 마요르카는 시내버스에서 독일어가 들릴 정도로 독일인이 많이 다녀간다고 한다. 나는 마요르카의 존재를 그곳에 있는 미술관을 통해 처음 알게 됐다. 이곳을 유럽인의 단골 여름 휴가지가 아닌 미술관으로 처음 알게 된 것이다.

마요르카는 섬이라기엔 생각보다 크다. 아랍 문화의 흔적과 로마인의 흔적이 배어 있어 미리 알아봐야 할 내용이 많았다. 더군다나 다른 때와 다르게 비행기를 타고 가야 하니 시기나 경비 등을 최대한 정확하게 계산해야 했다. 나는 마요르카의

◦마요르카 대성당

스페인은 카톨릭 성향이 짙어
군주가 살던 성과 성당이 함께 있는
경우가 많다.

지역 중 하나인 팔마Palma 외곽에 묵었다. 시내와는 멀었지만, 목적지인 미술관과 가까웠기 때문이다.

나의 목적지인 미술관이 전시하는 작품의 주인공은 호안 미로Joan Miró, 1893~1983였다. 카탈루냐 출신의 초현실주의 작가인 그는 그림부터 조각, 공예까지 재능이 출중한 예술가다. 살바도르 달리Salvador Dali, 1904~1989보다 색채나 소재가 더 밝고 경쾌하다. 바르셀로나 공항이나 도심 중앙의 광장 등 공공장소에서 그의 작품을 흔히 볼 수 있다. 우리나라에서는 진라면 30주년 패키지로 주목을 받았다. 미로의 작품은 원색을 사용하여 워낙 눈에 띄는 편이라 그림을 한데 놓고 보면 누군지는 몰라도 같은 사람의 작업임을 바로 알 수 있다.

바르셀로나에 있는 호안 미로 미술관은 몬주익 언덕에 있다. 이 미술관은 미로와 30여 년 친구인 건축가 주제프 류이스 세르트Josep Lluís Sert, 1902~1983의 작업이다. 그는 건축 작업뿐만 아니라 가구 및 조명으로도 유명하다. 마요르카에는 미로가 마지막까지 사용했던 작업실과 사후에 지어진 미술관이 있다. 이 작업실 역시 세르트가 건축했다. 호안 미로 재단의 홈페이지에는 건축도 하나의 조각이 될 수 있다는 말과 함께 기러

몬주익 언덕에서 바라보는 경치

호안 미로 미술관

기 스케치도 올라와 있다. 더불어 각 건물에 대한 개략적인 설명도 적혀 있다. 각 건물에는 당대 유명한 사람들의 이름을 넣어서 표기한다. '모네오 건물', '세르트 작업실'처럼 말이다.

그 바로 앞에 있는 모네오 건물은 세르트 작업실과는 분위기가 사뭇 다르다. 이 건물은 모네오의 대표작 중 하나여서 오래전부터 가보고 싶었다. 휴양지로 유명한 마요르카의 날씨가 좋다는 사실을 이곳에 오고 나서야 뒤늦게 알게 되었다. 그만큼 마요르카에 간 목적은 미술관을 보고 싶다는 이유 단 하나였다.

여행을 떠나기 전 자료를 찾아 열심히 예습했다. 현장에서 확인해야 할 몇 가지 중요한 질문도 작성했다. 이런 과정을 거쳤으니 답사가 한두 시간으로 끝날 일이 아니었다. 중요한 질문 몇 가지가 명쾌하게 해결되면 답사가 빨리 끝나겠지만, 예상 밖일 때도 있다. 도면이나 사진으로 완벽해 보이던 건축적 기교가 실제로 보니 조악해 보이는 순간 말이다. 다행히도 이 건물은 상상했던 모습보다 아름다웠다. 물에 반사된 햇빛이 벽에 일렁이며 그림자를 그리는 모습은 사진 이상의 기교를 보여주었다.

세르트 작업실 천장의 형태는
언뜻 갈매기처럼 보인다.

호안 미로 미술관

깊어 보이는 창문의 마지막 부분은
설화 석고로 마감되어 있다.
이 얇은 대리석을 통해
빛이 은은히 들어온다.

입구와 맞닿아 하늘을 담은 수변 천장.

호안 미로 미술관 주 출입구는 마치 한 폭의 그림 같다. 건물이 위치한 대지는 급한 경사를 끼고 있어 입구가 가장 높은 지점에 있다. 이곳을 중심으로 오른쪽엔 미술관이 지어지기 전 사용하던 세르트 작업실이, 왼쪽엔 호안 미로 미술관이 있다. 덕분에 미술관 입구에서 마요르카의 경관을 내려다볼 수 있다. 입구에서 경치를 바라보는 쪽에 물을 조그마하게 담아놨는데, 이 물에 반사되어 일렁이는 햇빛이 영롱하다.

입구는 나중에 펼쳐질 미술관을 미리 보여주는 복선 역할을 한다. 내부를 모두 둘러보고 밖으로 나오면 미술관 정면에 해당하는 야외 전시장으로 연결된다. 입구에서 한 층 아래로 내려온 셈이다. 입구에서 봤던 물은 미술관의 천장에 고인 물이다. 그래서 건물 외벽의 지붕에 물때가 끼어 있다. 솔솔 부는 바람에 물이 가끔 벽을 적실 테니 다른 부분보다 더 지저분하다. 직선적인 미학이 느껴지는 건물 외부에는 유쾌한 미로의 그림이 걸려 있다. 건물을 둘러싼 호수에 반사된 햇빛은 내부로 굴절되어 벽에 다양한 그림자를 그리는데 벽에 걸린 미술품보다 훌륭하다. 태양의 위치에 따라 시시각각 변하는 그림자는 언제 봐도 새롭다.

마요르카의 숨은 선물

알베르토 캄포 바에자Alberto Campo Baeza, 1946~가 지은 BIT 센터BIT Center는 팔마에서 기차로 40분 정도 떨어진 지역 잉카Inca에 있다. 마요르카 일정에 여유가 생겨 인터넷을 검색하다가 찾은 건물이다. 잉카 지역은 연구실이 모인 연구 단지 한가운데 위치한다. 캄포 바에자는 마드리드 출신의 건축가로, 편집증에 걸린 듯한 건축과 활발한 강연으로도 유명하다.

그의 작업은 자로 잰 듯 완벽한 비율로 이루어진 기하학의 향연이다. 건물의 외곽 테두리부터 내부 공간, 바닥재의 줄눈, 나무를 심는 간격까지 치밀하게 계산한다. 도면을 보면 치수마저 정수로 딱딱 떨어진다. 중력과 빛을 건축의 소재로 삼아 현장에서 실제로 보면 그 모습에 압도된다. 빛을 건축물에 효과적으로 담기 위해서인지 외벽이 눈부실 만큼 하얗다. 그래서인지 그는 오렌지 나무나 레몬 나무를 심어 긴장감을 완화시켰다. 물론 오와 열을 맞춰서.

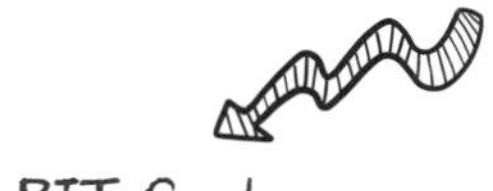

BIT Center

Bilbao

시든 도시에 물 주기

한국을 떠난 후 빌바오Bilbao에서 처음으로 크리스마스를 홀로 보냈다. 어디에 있든 어차피 혼자일 테니 어디라도 가자는 생각에 길을 나섰다. 언제나처럼 가장 저렴한 밤 버스를 타고, 카메라를 가방에 짊어진 채 좁은 자리에 몸을 실었다. 항상 크리스마스를 누군가와 함께 보내서인지 본능적으로 사람들과 어울리고 싶었다. 타지에서 혼자 생활하는 나에게 줄 수 있는 최대한의 보상은 여행이었다.

빌바오로 가는 김에 스페인 북부 도시를 들르고 싶었으나 두 번째 경유지인 산 세바스티안San Sebastian에서 마드리드로 돌아가야 했다. 거의 모든 가게가 문을 닫아 매끼 케밥을 먹는 것도 지겨웠고, 바람이 차 돌아다니기가 싫었기 때문이다. 그래도 프랭크 게리Frank O. Gehry, 1929~의 구겐하임 미술관을 직접 볼 수 있어서 좋았다. 이것만으로도 홀로 보낸 크리스마스는 외롭지 않았다.

스페인의 북부 도시 빌바오는 바르셀로나와 더불어 손꼽히는 경제 수준을 자랑하는 항구 도시이다. 한눈에 봐도 도시 전체가 마드리드보다 윤택해 보인다. 그러나 공업 지역의 공동화 현상에 영향을 받아 도시가 한때 침체되었다. 그렇게 활력을 잃은 도시를 살리기 위해 빌바오는 구겐하임 미술관Guggenheim Bilbao Museum을 지었다. 도시 재생을 위해 건립한 문화 시설은 이곳에 기적적인 희망을 가져다 주었다.

골목길에서 봐도 햇빛에 반사되는 구겐하임 미술관은 빌바오의 상징이 되었다. 빌바오 효과라고도 불리는 이 파급 효과는 시든 도시를 문화 시설로 되살린다는 이론적인 이야기를 현실로 증명해냈다. 건립 계획 시 95퍼센트의 시민이 반대했다지만 지금은 화려한 문화 도시로 자리매김했다. 프랭크 게리는 이 작업으로 자신의 이름을 알리는 동시에 도시를 성공적으로 되살렸다.

반짝반짝 티타늄을 입은
구겐하임 미술관은
햇빛이 비치면 자신의 존재를
강렬히 드러낸다.

그는 대중적으로도 많이 알려진 건축가이다. 여러 매체에서 대중들에게 노출되어서 아마 그의 작업을 보는 순간 누군지 알 것이다. 한국에서는 루이비통 메종 서울Louis Vuitton Maison Seoul로 처음 데뷔했다. 유럽에서 그의 작업을 볼 때마다 현실인 듯 아닌 듯한 형태와 크기에 기가 눌리곤 했다. 건물이 비틀려 올라가 춤을 추는 듯한 외형적 특징이 강했다. 그의 독특한 건축 세계는 아주 멀리서도 돋보인다. 도시에 건물이 들어서면 단번에 눈에 띄어 좀 과도해 보이기도 한다. 그러나 빌바오처럼 상징적인 건축이 필요했던 장소에서는 반짝반짝 빛이 난다.

구겐하임 미술관은 독특한 대지에 들어섰다. 기차역과 도심 한가운데를 차지하는 광장에서 불과 5분도 안 되는 위치에 미술관을 지은 것이다. 빌바오도 다른 도시처럼 공업화 지역과 항구 지역까지 합하면 행정적 경계는 훨씬 클 것이다. 도심의 중앙역과 가까운 강변에 거대한 다리가 급한 경사를 타고 앞을 지나는 빌바오 대지는 게리의 건축물을 더 특별하게 만든다.

이틀 동안 구겐하임 미술관을 이곳저곳 훑어본 후 다음 경유지인 산 세바스티안으로 향했다. 당시 나는 특정한 계획 없이 여행을 다녔다. 스마트폰이 대중화되기 전이기도 했지만

쿠르살 콩그레스 강당은 각종 공연과 대규모 강연을 위해 지은 건물이다.
불쑥 솟아오른 두 개의 강당은 낮에는 투명하게,
밤에는 화려하게 그 자리를 지킨다.

무계획이 주는 불안감이 싫지 않았기 때문이다. 요금이 저렴한 버스를 타면 배차마다 항상 자리가 있었다. 행여나 일정이 조금 변경되어도 나를 기다리는 사람은 없었다.

특정 도시에 도착하면 터미널을 나가기 전에 다음 여행지로 갈 버스를 예약했다. 그래야 며칠을 묵을지 결정되기 때문이다. 버스표를 예약하면 시내 중심가에 있는 관광 안내소의 직원에게 그날 숙박 가능한 숙소 목록을 요청했다. 그 목록을 지도와 대조해 적당한 위치와 합리적인 가격의 숙소를 찾은 뒤 그제서야 전화를 걸어 예약했다.

매번 이렇게 움직이니 숙소 상태가 어떤지 전혀 알 수가 없었다. 산 세바스티안의 숙소는 엉망이었다. 바닷가와 가까웠지만, 날씨가 흐려 경치를 볼 수 없었다. 찬 바람은 쉰내 나는 담요 사이로 수시로 파고들었다. 그렇게 이틀을 자고 나니 체력이 고갈되어 버렸다. 바닷바람이 매섭게 불어 카메라 셔터를 누르기도 전에 손이 시렸으니 건축물을 보고도 생각이나 제대로 할 수 있었을까. 마드리드로 밤 버스를 타고 돌아오는 내내 잠만 잤다. 나 홀로 보낸 첫 크리스마스는 춥고 으슬으슬한 기억으로 마무리 되었다.

Barcelona

건축의 변주

한 사무실에서 오래 일한다는 것은 누군가와 영향을 주고받으며 관계를 차곡차곡 쌓는 시간을 의미한다. 그렇게 매일 동고동락하며 스스로 변화하거나 발전한다. 만시야 투뇬Mansilla + Tuñón 듀오는 내가 존경하는 모네오의 사무실에서 10년 넘게 근무했다. 완공 작업에 이름이 빠지지 않고 등장하는 이들은 모네오의 사무실에서 동료로 만나 독립해 전형적인 유럽의 건축 사무소를 창립했다. 사무소 이름조차 각자의 이름을 따서 만든 둘은 설립 이후 15여 년 동안 15개의 미술관을 완공했다.

아쉽게도 루이스 만시야Louis Mansilla, 1959~2012는 8년 전 심장마비로 급작스럽게 세상을 떠났다. 스페인은 최근 경제 불황으로 접어들어 이들이 겪은 문화 시설의 전성기가 다시 탄

생할 수 있을지 미지수다. 《엘 크로키》는 이들의 20년간 작업을 담은 특집호를 발간했다. 문화 시설, 관공서, 개인 주택, 각종 공모전 등 지금 봐도 새로운 작업이 많다. 2012년 바르셀로나의 한 사무실에서 근무 중이던 나는 만시야의 죽음을 뉴스로 접했을 때 어안이 벙벙했다. 다른 직원들도 놀라기는 마찬가지였다. 더군다나 그가 바르셀로나에 강연을 위해 와 있던 상황이라 더 충격적이었다. 그렇게 그는 카탈루냐에서 갑자기 세상을 떠났다.

며칠 후 한 스페인 일간지에 모네오의 기고문이 실렸다. 만시야를 떠나보내며 추모하는 내용이었다. 나는 글에 담긴 모네오의 감정을 모두 이해하진 못했다. 그저 훌륭한 건축가의 눈부신 작품을 더는 볼 수 없다는 상실감만 일부 공감했다. 만시야와 투뇬은 서로 다른 건축 성향을 추구하며 사무실을 운영했다. 그의 파트너였던 에밀리오 투뇬Emilio Tuñón Álvarez, 1959~은 만시야가 떠난 뒤 사무실을 홀로 운영 중이다. 투뇬의 건축 세계는 아주 많이 달라졌다. 만시야는 실험적이고 진보적인 색채를 가졌다면 투뇬은 이탈리아 현대 건축 같은 질서와 대칭을 강조했다.

<엘 크로키>
만시야+투뇬
특집호

이들의 건축 세계가 서로 달랐기에 협업이 신선했는지도 모른다. 스페인에 머무는 동안 서로 협업하던 시절의 작업들을 보니 모네오의 작업에서 자주 나타나는 방법이 보였다. 얼핏 보면 결과물이 제법 다른 성향을 보이지만, 들여다보면 주옥같은 작업의 흔적들이 정말 많다.

유럽 대도시에 사는 사람들은 스스로를 부르는 일종의 애칭이 있다. 마드리드 출신은 마드릴레뇨 혹은 마드릴레냐, 베를린 출신은 존 F. 케네디John F. Kennedy, 1917~1963 대통령이 연설 중에 언급해서 유명해진 베를리너 혹은 베를리너린이라 부른다. 자신의 정체성에 도시를 붙여 애칭을 부르는 것이 한편으로는 부럽다. 만시야의 작업은 마드릴레뇨스라고 불린다. 마드리드 건축 색깔을 나타내는 그들만의 선 표현은 매우 오밀조밀하다. 무정형의 곡선과 직선이 적절히 섞인 표현 방법은 마드리드 출신 건축가들의 작업 기준점으로도 무방하다. 특히 도면을 점선으로 표현하는 방식은 그들만의 독특한 특징이다.

이들이 해온 20년간의 작업이 더 의미 있는 이유는 건축적 뼈대를 앞 세대의 건축가에게 물려받아 새롭게 재구현했기 때문이다. 이들의 작업을 보면 모네오의 사무실에서 오래 일했다는 사실이 믿기지 않는다. 건축가가 도시를 대하는 방법, 건축이 우리의 일상에 안착하는 방법, 재료를 새로운 시도로 표현하는 방법은 개인적으로 가장 배우고 싶은 부분이다.

Barcelona

새로운 언어

나는 어릴 적부터 관찰력이 좋았다. 처음 가본 길도 곧잘 기억하고, 전화번호도 잘 외웠다. 관찰력은 호기심과 떼려야 뗄 수 없는 관계이다. 궁금할수록 더 집중하고, 더 들여다보기 때문이다. 요즘에는 궁금한 것을 일단 스마트폰으로 찾아보는 버릇이 생겼다. 점점 나이를 먹어가며 궁금한 것은 집에 가서 찾아봐야겠다고 생각을 하다가도 어느새 까먹는다. 정작 집에 도착해서는 무엇을 찾으려고 했는지 생각이 안 나 답답할 때도 있다. 그래서 더욱 곧바로 궁금증을 해결할 수 있는 스마트폰에 의지하는지도 모르겠다.

이 호기심을 바탕으로 한 관찰력은 20대의 마지막을 보낸 마드리드에서 빛을 발했다. 서점이든 도서관이든 인터넷이든 어떤 건축가의 작업을 보면 그와 관련한 이력까지 자세하게 찾아봤다. 어디서 공부를 했고, 누구와 일했으며 누구의 영향을 받았는지 말이다. 그렇게 나만의 이야기를 만들어 갔다. 건축가의 작업을 살펴보면 다양한 생각이 머릿속을 맴돈다. 누군가와 오래 일한 사람이 어떻게 이렇게 다른 색깔의 작업을 하는지, 이런 사람이 또 있을지, 이 사람이 잘해서인지, 아니면 함께 일한 사람이 많은 가르침을 줘서인지 말이다.

그리고 빠질 수 없는 것이 하나 더 있다. 각 프로젝트에 참여했던 사람들이 누구인지 잊지 않고 본다. 당시 취업에 대한 열망으로 활활 타오르던 나에게는 중요한 정보였다. 프로젝트 팀 중 외국인의 이름이 있는지 살폈다. 어떤 팀은 스페인 사람의 이름으로, 또 다른 팀은 독일 사람의 이름으로 가득했다. 가끔 한국 사람으로 보이는 이름이 있는 사무실도 있었다. 이런 사무실이 지원 대상이었다. 외국인에 대한 편견이 덜할 것 같다는 기대가 있었기 때문이다. 그렇게 이리저리 열심히 세상을 관찰하던 때의 기록은 지금 봐도 참 치열했다. 정말 이걸 내가 기록했나 싶을 정도로.

마드리드에 정착한 지 1년 정도 됐을 무렵이었다. 뉴욕에서 석사 과정을 밟다가 네덜란드 로테르담에서 인턴을 하던 선배 O가 놀러 왔다. 꽃무늬 남방과 뱀 가죽 부츠를 동대문에서 직접 사 입는 패션 감각을 가진 선배였다. 당시 패션이라고는 폴로 티셔츠가 전부였던 나에게는 신선한 충격이었다. 한국 대학에서 공모전에 같이 참여한 적이 있는데, 그가 꼼꼼하게 이름 붙여 가지런히 정리한 건축 스크랩을 보고 놀라기도 했다.

O의 휴가에 맞춰 바르셀로나로 향했다. 우리는 바르셀로나가 아예 처음이었다. 바르셀로나에서 머물면서 일주일 정도 그와 동고동락했다. 나는 여행하면서 수천 장의 건축 사진을 찍었다. 그는 내가 도시 곳곳과 건물을 구석구석 관찰하는 것을 이해하지 못했다. 뉴욕에서 석사 공부를 하던 그는 본인이 원하는 사무실이라면 어디든 갈 수 있었을 것이다. 무모하게 건축을 시작한 나와는 출발점이 달랐다.

헤르조그 앤 드 뫼롱

스위스 출신의 세계적인 건축 듀오 헤르조그 앤 드 뫼롱Herzog & de Meuron이 작업한 포럼은 바르셀로나 구도심 반대편 지역에 있다. 지도에서 찾는다면 시 전체의 오른쪽 아래 구석에 위치한다. 2000년대에 새로 개발한 이 지역은 보도와 차도가 잘 배합되었고 건물이 모두 신축처럼 느껴질 정도로 신도시 같다.

바르셀로나 전체를 보면 가로, 세로, 대각선으로 시를 가로지르는 대로들이 있다. 축이라 일컫는 길을 따라 도시 밀도가 달라진다. 포럼이나 박람회 형식의 큼직한 행사들은 올림픽이 열렸던 도시의 서쪽인 스페인 광장에서 주로 열린다. 큰 행사를 도시의 반대편으로 이동시켜 방문객을 골고루 분산해 균형이 잡힌 발전을 이룬다는 것이다.

대학생 때 책에서 본 내용은 공모전 당시의 모형 사진이었다. 지하에 어마어마한 개미집 같은 공간이 있고, 지상에 커다란 삼각형의 덩어리가 공중에 떠 있는 듯한 사진이었다. 실제로 가보니 규모가 생각보다 더 컸다. 지상에 놓인 삼각형 모양의 건물은 멀리서도 보일 정도로 하늘과 대비되는 색이었다. 건물 전체가 하늘을 그대로 반사하는 창과 천둥을 맞은 듯한 세로창으로 덮여 있었다. 질감이 거칠었지만 무거워 보이지는 않았다. 외벽의 거친 질감은 가까이에서 보면 입자가 매우 커서 멀리서 보이는 느낌이 더 강렬했다.

°파란 박물관

직선적인 형태의 순수한 단순함을 넘어
복잡하고 동적인 건축 기법이 흥미롭다.

땅과 건물 사이의 공간이 높고 넓어서 답답하지 않았다. 다만 화창한 바르셀로나 날씨에 비하면 지나치게 어두웠다. 건물에서 반짝이는 금속 천장이 열심히 빛을 반사했지만, 자연광이 부족했다. 이들이 마드리드에 지은 카이사 포럼Caixa Forum과 일맥상통하는 면이 분명 있었다. 하지만 건물을 억지로 들어 올린 느낌을 지울 수 없었다.

채광을 위한 중정들은 세모난 건물로 뚫려 있어 극적인 건축적 효과를 발휘했다. 빛을 내부로 들이는 기능까지 갖춘 중요한 요소였다. 바르셀로나에 사는 동안 사람들이 이 건물을 이용하는 모습을 좀처럼 보지 못했다. 공항과 거리가 멀어서 접근성이 떨어지기 때문이다. 항상 휑하던 이곳은 몇 해 전 박물관으로 탈바꿈했다. 건물의 특성을 살려 이름을 파란 박물관Museu Blau이라 지었다고 한다.

루트비히 미스 반 데어 로에

바르셀로나 파빌리온Barcelona Pavilion은 루트비히 미스 반 데어 로에Ludwig Mies van der Rohe, 1886~1969가 1929년 바르셀로나에서 열린 만국박람회를 위해 지은 건물이다. 항상 사용하는 건

바르셀로나 파빌리온

독일의 조각가 게오르그 콜베(Georg Kolbe, 1877~1947)가 만든 조각 알바(Alba).

어마어마한 크기의 돌을 자른 듯한 이 벽은 사실 두께가 굉장히 얇게 재단되어 있다.

물이라기보다 행사가 있을 때만 사용하는 임시 건물이다. 그러다 보니 이곳저곳에 실험 정신이 깊숙이 배어 있다. 공간의 한 면을 채우는 자연 대리석의 물성은 미스의 작품에서 자주 보이는 요소가 되었다. 특히 파빌리온은 그의 다양한 건축 실험이 돋보여, 갈 때마다 볼 것이 빼곡하다. 지금은 워낙 방문객이 많아 아예 재단에서 관리한다. 실제로 건물을 보면 상태가 깔끔해서 유지에 얼마나 노력을 기울였는지 엿보인다.

벽은 너무 얇아서 측면에서 보면 거의 보이지 않고, 기둥은 귀퉁이를 잘라 얼핏 보면 존재하지 않는 듯하다. 지붕은 지붕대로 떠 있어 벽이나 기둥이 시점에 따라 다르게 보인다. 기존의 돌을 깎고 쌓아 구축하는 방식을 뛰어넘어, 새로운 세상이 요구하는 건축에 대한 미스만의 정의를 구현한 작업이다.

Berlin

틀린 게 아니라 다른 것

누군가 그랬다. 열정이 너무 지나치면 위대함에 대한 숭상이 스스로의 눈을 가린다고. 나에게만 의미 있는 배움을 찾아다녔던 순간들은 투쟁과도 같아서 돌이켜보면 달콤하지 않았다. 아이러니하게도 그런 나의 열정이 당시의 일상을 버틸 힘을 주었다. 실제로는 보잘것없었던 그 시간을 조금이나마 아름답게 기억하고 싶은 욕망 때문에 좋은 기억으로 포장한 것일 수도 있다. 어쩌면 여기에 적힌 일상은 실제보다 미화되었을지도 모른다.

한때 모네오의 작업을 맹목적으로 동경했다. 그가 한 작업은 모두 옳은 것인 양 말이다. 놀랍게도 건축뿐만이 아니라 살면서 만나는 관계에서도 무분별한 태도를 보였다. 나의 생각에 동의하면 상대방이 옳다고 생각했다. 그게 아니면 고개를 저으며 관계를 멀리했다. 건축을 바라보는 시각이 삶의 태도에 영향을 준다는 것은 아주 귀중한 깨달음이었다.

이제는 나와 다른 생각이나 성향에 유연해질수록 세상이 더 넓게 보인다고 믿는다. 이런 태도는 매사를 신중히 대하게 한다. 내 취향이 아니라서 별로라고 이야기하기에는 내가 보지 못한 다른 측면도 있을 것이기 때문이다. 좀 더 열린 사람이 되어야 건축의 다양한 장르도 받아들이며 성장할 수 있다.

세상 사람들이 각자 다양한 삶을 꾸려가듯 우리가 사는 도시도 그에 맞는 모습으로 일상의 배경이 된다. 그러니 건축 세계가 다채로우면 우리 주변도 풍부해진다. 건축을 잘하고 못하는 건 그 다음 문제이다. 재미없을 것 같은 건물도 직접 가보고, 안 맞을 것 같은 사람도 만나며 선입견에서 벗어나는 것이야말로 건축을 대하는 올바른 태도가 아닐까 싶다.

특히나 요즘 아이가 성장하는 과정을 보며 무엇 하나 쉽게 이루어지지 않는다는 것을 새삼 느낀다. 걷기 위해 기고, 말하기 위해 옹알이를 하듯 성장하기 위해 부단히 노력해야 한다.

나는 아직도 내가 하고 싶은 건축, 내가 꿈꾸는 도시가 무엇인지 정의를 내리지 못한다. 단지 다양한 변주로, 일상에 스며드는 건축으로 사회가 발전한다고 믿는다. 그저 세상 여기저기에서 누군가의 땀과 노력으로 만들어지는 놀라운 작업을 보며 일상에서 쾌감을 느끼는 것만으로도 건축은 충분히 재미있다. 이 책에 남은 모든 순간이 자양분이 되어 앞으로의 건축 작업도 재미있게 할 수 있기를 바랄 뿐이다.

| epilogue |

해외에 살면 수많은 실수, 착오, 편견 등 부정적인 단어들을 이겨내야 한다. 책을 준비하며 지난 시간을 돌이켜보니 해외라서 일련의 사건들이 일어난 것 같지는 않다. 단지 내가 성장해가는 시간이라고 생각한다. 성장통을 겪은 장소에 따라 조금 다르겠지만 어쨌거나 고통스러운 날들이었다. 나의 30대는 성장통 투성이었다. 인생에서 가장 눈부시다는 30대를 깜깜한 곳에서 바늘 찾듯 한 줄기 빛을 찾아 헤맸다. 마드리드에서는 참 일이 안 풀렸다. 한국에 언제쯤 돌아가서 안착할 수 있을지 고민 많던 그 시절, 문득 이런 생각을 했다. 한국을 벗어나지 않았다면 누군가를 평생 원망하며 살았을지 모른다고.

어디론가 떠나고, 돌아가는 과정은 모두 나의 선택이었다.

아마도 무작정 떠나고 싶었던 그때 망설이기만 했다면 선택의 결과를 내 탓으로 돌리지 않고 누군가를 그림자처럼 따라다니며 원망했을 것이다. 생각만 해도 끔찍하다. 원망만 하며 소중한 시간을 낭비했다면, 나의 지금이 어떻게 바뀌었을지 모르는 일이다.

마드리드에서 바르셀로나로 떠날 때 뜻대로 되는 일이 없다고 생각했다면, 바르셀로나에서 베를린으로 떠날 때는 도리어 겸손했다. 예상치 못한 순간을 마주하면서 뜻대로 되는 일은 애초에 없음을 깨달았기 때문이다. 인간관계도, 세상을 대하는 방식도, 나 자신도 모든 것이 계획대로 흘러가기 힘들기에 당장 눈에 보이는 오늘을 최선을 다해 살자는 태도를 갖게 되었다.

지금도 나는 내일이 오지 않을 것처럼 치열한 하루를 살아야 내일의 그림이 내가 꿈꾸던 쪽으로 그려진다고 믿고 있다. 한국에서 살면서 늘 해왔던 생각을 하며 답답한 일상을 벗어나지 않았다면, 지금 내가 어떤 식으로 살아가고 있을지 도통 그림이 그려지지 않는다. 지금보다 멋지지는 않을 것 같다고 믿고 싶다.

빼곡한 책꽂이에서 뺀 한 권의 책처럼 홀로 경로를 이탈해 좌충우돌하며 보낸 시간은 나를 갈고 닦게 했다. 처음에는 만날 친구도, 할 일도 없어서 건축에 몰입했다. 해외에서 느낀 짙은 외로움이 건축에 더 집중하게 한 것이다. 온전히 나만을 생각하는 시간이기도 했다. 경제 사정이 여의치 않다면 더더욱 삶이 치열해질 수밖에 없는 것은 어디를 가나 비슷하다. 먹고사는 문제와 나만의 목소리를 찾는 과정 사이에서 균형을 잡다보니 어느덧 30대가 지났다.

지난 12년 동안 남은 것은 무엇이냐고 물어본다면 나의 지금이 남았다고 말하고 싶다. 오늘은 어제 상상했던 내일과 일치하지 않는다. 과거의 나는 화려한 작업을 하는 건축가가 될 줄 알았으나, 그게 쉽지 않다는 것을 천천히 깨닫고 있다. 내가 40대를 떠올리며 머릿속으로 그렸던 모습은 어떤 것도 현재와 일치하지 않는다. 꿈꿨던 미래가 항상 나의 현재와 달라도 나는 행복하다.

과거는 현재의 행복과 상관없다는 것을 이제는 좀 알 것 같다. 상상했던 화려한 건축은 오늘의 나에게서 찾아볼 수 없지만, 그보다 훨씬 값진 경험을 했다. 이 책도 그 일부이다. 상상도 못 해본 기회로, 재미있는 작업을 하게 됐다. 이런 식으로 지금 당장 할 수 있는 것에 최선을 다하다 보니 여기까지 왔다. 그것이 나의 현재이다.

나는 건축가란 직업이 좋다. 건축가라는 이유로 특정한 관점을 강요하거나 비전공자보다 뛰어나다고 생각하지 않으려 애쓴다. 그런 것들은 열린 마음으로 건축을 하는 데 도움이 되지 않는다. 좋은 사람이 좋은 건축을 한다고 믿는다. 나의 시간과 사생활이 중요한 만큼 타인의 시간과 사생활도 존중하려 한다. 마드리드로 떠나기 전에는 절대 할 수 없었던 생각이다.

모네오처럼 훌륭한 건축가가 될 수 있을까. 지금 내 모습을 볼 때는 불투명해 보인다. 이 사실을 인정하기까지 오랜 시간이 걸렸다. 이제는 그처럼 멋진 건축물이 아니더라도 건축이라면 어떤 것도 재미있게 해볼 수 있을 것 같다. 소소하지만 멋진 공간을 꿈꾸며 언젠가 그런 건축을 직접 할 수 있기를 꿈꾸는 나는 평범한 가장이다. 여전히 나의 30대가 충분히 의미 있다고 생각하기에 스페인행 편도 항공권 구매에 후회가 없다. 아주 먼 미지의 세상으로, 어느 곳이든 원하는 곳으로 왔기 때문에.